メロメロ。

藤崎 都

19154

角川ルビー文庫

目次

口絵・本文イラスト／陸裕千景子

1

空には冴《さ》え冴《ざ》えとした月が浮《う》かんでいる。

寒さは得意なほうではないけれど、冬の冷たく引き締《し》まった空気は好きだ。灯《あか》りの少ない住宅地の道を歩くと、星の瞬《またた》きもよく見える。

「思ったよりも遅《おそ》くなったな」

人気《ひとけ》がない夜道を歩きながら、夏川志季《なつかわしき》は腕時《うでど》計《けい》に目を落として独りごちた。

以前の同僚《どうりょう》に誘《さそ》われるがまま飲みに行ったら、帰宅が日付を跨《また》いでしまった。もう一軒《けん》と誘われたけれど、終電を逃《のが》したくなくてさすがにそれは断った。

帰りを待つ家族がいなくても、明日の仕事に備えて早く休みたい。自己管理も仕事のうちだ。

現在、志季は祖父の跡《あと》を継《つ》ぎ、夏川医院という整形外科を専門とする診療所《しんりょうじょ》の院長をしている。スタッフは、祖父の代からの看護師と事務員が一人ずつというこぢんまりとした経営だ。

志季を子供の頃《ころ》から知っている近所の人たちには『若先生』と呼ばれており、二十八歳になったいまも若造扱《あつか》いをされているけれど、温かく見守ってもらえているのはありがたい。

ちなみに、祖父は存命だ。彼が引退することになったのは、体力面に不安が出てきたことと腰《こし》を酷《ひど》く痛めたことがきっかけだ。診療所を志季に譲《ゆず》ってから、のんびりと温泉地で療養している。

先日届いた絵ハガキに書かれていた文面によると、滞在先《たいざいさき》で親しい友人もできたらしく、まだまだ帰ってくる気はなさそうだ。

（そういえば、温泉なんて何年も入ってないな……）

実家に戻《もど》ってくる前の志季は、大学病院に勤務していた。そこを退職することになったのは、祖父の件も含《ふく》めた様々な事情からだ。

今日参加した学会では、当時世話になっていた紀村《きむら》教授とも顔を合わせることができた。

約半年前、自己都合で慌《あわ》ただしく医局を去ることになった志季に、彼は親身に接してくれて嬉《うれ》しかった。

不義理を責めるどころか、志季の新生活を慮《おもんぱか》ってくれる心遣《こころづか》いには頭《こうべ》を垂れるしかない。

本当なら尊敬する彼の下《もと》でもっと学びたかったのだが、様々な事情を鑑《かんが》みた結果、苦渋《くじゅう》の決断で辞表を提出することにしたのだ。

「それにしても、今日は疲《つか》れたな……」

凝《こ》り固まった首を左右に倒《たお》してみたけれど、動きは鈍《にぶ》い。

教授に会う緊張感《きんちょうかん》のせいもあっただろうが、久しぶりに身に着けたスーツですっかり肩《かた》が凝ってしまった。体格が変わり、少しキツくなったせいもあるかもしれない。

ウェイトが増えたのは太ったせいでなく、本腰《ほんごし》を入れてトレーニングを始めたからだ。

勤務医だった頃より幾分《いくぶん》時間に余裕《よゆう》ができるようになったため、以前は通勤にかけていた時間をランニングに充《あ》て、近くのスポーツジムにも入会した。

志季もあと二年も経《た》てば三十路《みそじ》を迎《むか》える。いつまでも若さでどうにかなるわけではないと考え、改めて体力作りを始めることにしたというわけだ。

大人になったいまは平均的な体力になったけれど、子供の頃の志季は熱を出しやすい虚弱《きょじゃく》体質だった。その上、致命的《ちめいてき》と云《い》えるくらいの運動音痴《おんち》だったりする。

その原因を自己分析《ぶんせき》するなら、バランス感覚とリズム感、そして反射神経が圧倒的《あっとうてき》に足りていないせいだろう。

とくにチームプレイが必要な競技は悲惨《ひさん》だった。体育の授業でも仲間の足を引っ張り、よくクラスメイトに文句を云われたものだ。

だけど、体力作りに運動神経は関係ない。学生時代のように足並みを揃《そろ》えなければと周囲に気兼《きが》ねすることもないため、気楽なものだ。

逞《たくま》しい体への憧《あこが》れが生まれたのは、自らのコンプレックスの裏返しだったのだろう。

ちなみに祖父と同じ医師になろうと思ったのは、そんな弱々しい自分から脱却《だっきゃく》しようと体の仕組みを勉強するようになったのがきっかけだ。祖父に相談しながら体を鍛《きた》えていったら、徐々《じょじょ》に寝込《ねこ》むことも少なくなり、風邪《かぜ》もあまり引かなくなっていった。

大学に入ってからは多忙《たぼう》さにかまけてトレーニングから遠退《とおの》いていたけれど、一念発起したというわけだ。

そんな志季には、子供の頃から理想とする人がいる。長身に相応《ふさわ》しい長い手足に、バランスよく鍛え上げられた肉体。その人は窮地《きゅうち》に陥《おちい》っていた志季を救ってくれたヒーローだった。

（カッコいい人だったなあ）

顔は覚えていないけれど、志季を軽々と抱き上げて助《だ》けてくれた逞しい体の感触《かんしょく》が忘れられない。見上げるほどの長身で、抱き上げられたときの視線の高さに驚《おどろ》いたものだ。

一気に高くなった視界と鍛え上げられた硬《かた》い胸板《むないた》はいまでも夢に見る。あれほどの理想の体には、彼以来出逢《であ》えていない。

志季が小学生のとき、彼は高校生だったはずだ。確か、近所の道場の門下生で、夏川医院には捻挫《ねんざ》か何かの治療で通ってきていた。

彼はいま何をしているのだろうかと気になりつつも探そうとしないのは、夢を壊《こわ》したくないという気持ちがあるからかもしれない。

あれは二十年近く前のことだ。思い出補正がかかっている可能性は大きいし、自分が彼を理想化しすぎている自覚もある。

彼自身、見違《みちが》えるくらい変わっている可能性だってあるわけで、勝手な話かもしれないが、ヒーローにはヒーローのままでいてもらいたいのだ。

酔《よ》い潰《つぶ》れて道の真ん中で寝入ったりしているような男なら、心底がっかりしてしまう。例えば、こんなふうに――。

「………」

志季は歩みを止めて、行く手を阻《はば》む物体に視線を向ける。

診療所兼《けん》自宅の建物の前で、一人の男が気持ちよさそうに寝息を立てていた。見るからに酔っ払《ぱら》いの醜態《しゅうたい》に、志季は眉《まゆ》を顰《ひそ》めた。

こういった手合いには関《かか》わらないのが無難だとわかっているけれど、医師として無視するわけにもいかない。男の傍《かたわ》らに膝《ひざ》をつき、念のため脈を取る。

呼吸が弱かったり、いびきをかいていたりしたら命に関わる症状《しょうじょう》を起こしている危険もあるが、街灯に照らされた顔色は健康そのものだ。

「大丈夫《だいじょうぶ》ですか？　起きて下さい」

案の定、男の息は酒臭《くさ》かった。初見どおり、ただの酔っ払いだろう。急性アルコール中毒の症状も見られないため、一先《ひとま》ずは安心だ。

「すみません。ここがどこだかわかりますか？」

「んー……」

寝言にも程遠《ほどとお》い呻《うめ》き声が返ってくるだけで、目を覚ます気配は微塵《みじん》もなかった。

「いい加減起きて下さい！　こんなところで寝てると風邪を引きますよ」

一向に起きてくれないため、少し強めに体を揺《ゆ》すり、耳元ではっきりと声をかける。

今シーズンは比較的《ひかくてき》暖かいと云っても、真冬にこんな薄着《うすぎ》で眠《ねむ》っていたら体調を崩《くず》しかねない。明け方にかけて冷え込めば、凍死《とうし》の可能性だってある。

さらに強く男の肩を摑《つか》んで乱暴に揺さぶってみるけれど、男の眠りは深いようだ。だんだんと優《やさ》しくする気が薄《うす》れていき、口調もより乱暴になってくる。

「あの！　こんなところで寝られると迷惑《めいわく》なんですけど！」

はっきりと本音を告げた。診療所の前で行き倒《だお》れているのを誰《だれ》かに発見されたら、評判に傷がつきかねない。

さらに強く揺さぶると、ボタンが緩《ゆる》くなっていたらしく、シャツの胸元が大きくはだけてしまった。

「あっ」

しまったと思いながら服装を直そうとしたものの、白いシャツの合間から覗《のぞ》く筋肉質な体に、思わず目が吸い寄せられてしまった。

がっちりとした肩幅《かたはば》を支える三角筋に、逞しく盛り上がった大胸筋。その下に覗く腹直筋の凹凸《おうとつ》も立派なものだった。

（……うわ……）

よくよく見てみると、ジーンズに包まれた大腿《だいたい》四頭筋も見事だし、胸鎖乳突筋《きょうさにゅうとつきん》もいい。三角筋の張りも素晴《すば》らしく、ワイシャツで隠《かく》れた上腕《じょうわん》二頭筋もほどよい太さをしている。

まさに志季の理想どおりの肉体だった。この様子なら、大殿筋《だいでんきん》もさぞいい形をしているに違いない。

「いい体だな……」

垂涎《すいぜん》ものの体を前に思わずごくりと喉《のど》を鳴らしてしまい、はっと我に返る。

(何やってるんだ、俺は！)

いくら筋肉質な体が好きだと云っても、介抱《かいほう》している男の体に見入るなんてどうかしている。

正直云って、筋肉は大好きだ。鍛え抜《ぬ》かれた肉体は、何にも勝《まさ》る造形美だと思う。

しかし、好きだと云っても、云うなれば筋肉を芸術品のように愛《め》でているだけで、断じてそれ以上の何かがあるわけじゃない。

そもそも、男性的な体を意識するようになったのには、複雑な事情がある。基本的に志季は女性的な体が苦手だ。とくに柔《やわ》らかくふんわりとした感触に拒絶《きょぜつ》反応が出やすい。

相手が患者《かんじゃ》だと思えば問題なく触《ふ》れられるのだが、診察室《しんさつしつ》の外だと女性にセクシャルな空気を出されるだけで気持ち悪くなってしまう。

大学病院に勤務しているときは教授のつき合いで高級クラブなどにお供することもあったのだが、しょっちゅう吐《は》き気《け》を催《もよお》してはトイレへと駆《か》け込んでいた。

そういった席なら酒のせいにできても、日常生活ではそうもいかない。できるだけ親密な空気にならないように努めながら過ごすようにしている。

そう心がけていても向こうから近づいてくる相手は避《さ》けようがない。大学病院を辞《や》めることになったきっかけも、そんな志季の体質が関係していた。

(俺がもっと上手《うま》くやれればよかったんだけど……)

ため息を吐《つ》きながら、志季の運命を左右することになった出逢いを思い返す。

職員の家族も招待された大学病院関係者の懇親会《こんしんかい》で、志季が師事している紀村教授の娘《むすめ》、麻《ま》里亜《りあ》を紹介《しょうかい》された。それから、彼女に何故《なぜ》か気に入られ、交際を迫《せま》られるようになった。

だが、麻里亜はとくに志季が苦手とするタイプの女性だった。胸の大きな豊満な体に甘ったるい口調。

女の武器をフルに使って男に迫る種類の人間で、偶然《ぐうぜん》を装って抱きつかれたり、胸を押しつけられたりした。元々、女性のあしらいが上手いほうではない志季は嫌悪感《けんおかん》が表に出ないようにするだけで精一杯《せいいっぱい》だった。

なのに、強引《ごういん》にアドレスを交換《こうかん》させられ、メール攻勢《こうせい》をかけられただけでなく、父である紀村教授を使って、正式な見合いの場を設けようとしてきた。

紀村教授の顔を立てるなら、無下に断ることはできない。しかし、絶対に色よい返事ができないとわかっている以上、食事の席に着くわけにもいかない。

そのことで悩《なや》んでいたちょうどその頃《ころ》、祖父の引退の話が出た。いつか診療所《しんりょうじょ》を継《つ》ぐつもりでいた志季は、その予定を早めて大学病院を辞することにし、それを云《い》い訳《わけ》に見合いも断ったというわけだ。

それまで、しつこく職場に会いに来たり、連絡《れんらく》を寄越《よこ》してきたりしていた麻里亜だったが、志季が大学病院を辞めた途端《とたん》、ぱたりと音沙汰《おとさた》がなくなった。

志季の遠回しな断りをものともしなかったのに、教授という後ろ盾《うしろだて》がなくなった途端、興味がなくなったようだ。つまり、彼女が執着《しゅうちゃく》していたのは父親の息がかかった将来性のある若手の医師という立ち位置だったのだろう。

結果的に彼女の希望する条件がクリアできなくなったことで、ターゲット外になったというわけだ。彼女のプライドを傷つけずに疎遠《そえん》になれて、ほっとした。

(『俺』には興味がなかったってことだよな……)

そもそも、志季が女性的な体が苦手になったのには理由がある。

自分で云うのも何だが、中学校へ上がる前の志季はものすごく可愛《かわい》かった。

当時の写真を見ると、ぱっちりとした目にふわふわとした茶色い髪《かみ》でまるで人形のようだ。

その上、平均よりも体が小さく大人しかったため、扱《あつか》いやすく見えたのだろう。

そのため、幼い頃から体を触《さわ》られたり、連れ去られかけたことが何度もあった。幼少時はとくに母親と同世代の女性に狙《ねら》われることが多かったように思う。

自分とは違う名前を呼ばれ、「家に帰ろう」と引っ張っていかれそうになっただけでなく、車に押し込まれかけたこともある。

両親が共働きで二人とも子供への興味が薄いタイプだったことで大人の目が行き届いていなかったせいもあるだろうが、自分の見た目も誘発《ゆうはつ》する要因の一つだったのだろう。

そういった体験もあり、物心ついた頃からごく親しい人以外、成人女性に対しては苦手意識があった。

（まあ、決定打になったのはあのことだけどな）

あれは祖父のところへ来たばかりの頃のことだ。診療所の前で井戸端《いどばた》会議に興じていた近所の奥様方に摑まり、囲まれてもみくちゃにされた。

彼女たちに悪意はなく、ただ可愛がろうとしていただけだといまなら理解できるが、あのときは本気で命の危機を覚えた。

両親ともにドライなタイプで、スキンシップに慣れていなかったせいもある。

強い力で抱《だ》きしめられ、慣れない化粧《けしょう》の匂《にお》いとどこまでも沈《しず》み込んでいきそうに柔らかな胸で窒息《ちっそく》しそうになった出来事は十歳の自分には恐怖《きょうふ》でしかなかった。

そんな恐怖にパニックを起こしかけていた志季を助けてくれたのは、診療所に通院していた高校生だった。その彼が志季のヒーローだ。

もうダメだと思ったその瞬間《しゅんかん》、女性たちの中から志季を抱き上げて救い出してくれた。あのときの安心感はいまでも覚えている。

『おばさんたち、寄って集《たか》って撫《な》で回すからこの子が怯《おび》えてんだろ』

当時の彼女たちは、いまの志季と同じくらいか少し上の年齢《ねんれい》だったように思う。高校生に「おばさん」と呼ばれて青筋を立てていた。

『お前、ここんちの子だろ？　先生が帰りが遅《おそ》いって心配してたぞ』

そうして彼は彼女たちを無視したまま、志季を抱き上げて祖父のところまで連れていってくれた。

彼はその後も志季と顔を合わせるたびに可愛がってくれた。体があまり強くなく、よく寝込《ねこ》む子供だった志季は、貧弱で自分の意見も云えない自分とは正反対の彼に憧《あこが》れるようになった。

彼はまさに志季の理想を体現していた。そして、いま目の前で寝入っている男も『彼』に負けず劣《おと》らず、素晴らしい体をしている。

しかし、女性らしい体に苦手意識があるとは云っても、女性自身が苦手なわけではないし、例えば電車などで隣《とな》り合っただけなら気分が悪くなることもない。

長続きはしなかったけれど以前は彼女だっていた。だけど、人柄《ひとがら》に好感を抱《いだ》き、交際に至っても、キス以上のことはできなかった。

そのせいでいつも、愛情を疑われて別れを告げられることの繰《く》り返しで、いまは人づき合いにも慎重《しんちょう》になった。それでも、いつか運命の相手に出逢《であ》えることを信じ、願っている。

両親の揃《そろ》った温かい家庭を築く——それが志季の子供の頃からの夢なのだ。

（……そう思いながら、もう二十八にもなっちゃったけど）

理想と現実は思うように噛《か》み合わないものだ。

「……雨？」

ぼんやりと過去に想《おも》いを馳《は》せているうちに雨が降ってきた。初めはぱらぱらとした小雨《こさめ》だったけれど、どんどん雨脚《あまあし》が強くなってきている。

関《かか》わってしまった以上、彼を放っておくわけにもいかない。こうなったら、目が覚めるまで診療所で寝かせておくしかないだろう。

「くそっ、どうして俺がこんなことしなくちゃいけないんだ」

ぼやきながら、重たい体を引き摺《ず》っていく。バリアフリーのスロープを使い、入り口まで何とか辿《たど》り着いた。

鍵《かぎ》を開けて、ドアを背中で押しながら診療所の建物の中へ引っ張り込んだ。

「何でこんなに重いんだよ……っ」

百八十センチを超《こ》えるであろう筋肉質な男の体は、少なくとも八十キロを超えているだろう。男をどうにか診察台に乗せたときには、軽く息が切れていた。

「いい加減、目を覚ましてくれよ……」

段差でも乱暴に引き摺ったのに、一向に目を覚ます気配もない。人の苦労も知らずに気持ちよさそうに眠《ねむ》り続けている男に苛立《いらだ》ちが湧《わ》く。

一階には診療所があり、その奥に自宅のリビングとキッチン、ダイニングがある。それぞれの個室があるのは二階だ。

雨に濡《ぬ》れたコートを脱《ぬ》ぎ、ハンガーにかけていると、背後からガツン、と派手な音が聞こえた。男が身動《みじろ》いだ瞬間《しゅんかん》、後ろのポケットに入っていた携帯電話《けいたいでんわ》が滑《すべ》り落ちたようだ。

「ああもう！」

目を覚まさないなら、せめて大人しく寝ていてもらいたい。携帯電話を拾い上げた瞬間、着信が入る。そのタイミングのよさに、思わず取り落としそうになってしまった。

画面には『浩美《ひろみ》』という名前が表示されている。一瞬、電話に出て迎《むか》えに来てもらうべきだろうかとも思ったけれど、他人の電話に勝手に出るわけにもいかない。

（どんな関係の相手かもわかんないしな）

どうしたものかと迷っているうちに着信音が途切《とぎ》れてしまった。

このまま目を覚ますまで、放っておくしかないようだ。さすがに明日の診察時間までには起きるだろう。本当に面倒《めんどう》な拾いものをしたものだ。

「くしっ」

入り口の施錠《せじょう》をして戻《もど》ると、今度はくしゃみが聞こえた。

男を運んできた志季はうっすら汗《あせ》をかいているけれど、ずっと外で寝入っていた彼は体が冷えてしまっているのだろう。

志季が発見したときから、男はワイシャツ一枚で上着すら身に着けていなかった。酔《よ》っ払《ぱら》い、薄着《うすぎ》のまま外をうろついていたか、途中《とちゅう》で脱ぎ捨てたかしたのだろう。

雨で濡れそぼったシャツを着たままでは、体温を奪《うば》われ続けるばかりだ。

「仕方ない……」

空調のスイッチを入れ、濡れたシャツを脱がしてやる。体を冷やしたままでいると、風邪《かぜ》を引きかねない。患者《かんじゃ》用の毛布があるはずだが、どの棚《たな》にしまってあっただろうか。

（それにしても、やっぱりすごい体だな……）

上半身を脱がせたところで、再び男の体に見入ってしまった。無駄《むだ》なく鍛《きた》え上げられた肉体は目を瞠《みは》るものがあった。

大胸筋はもちろんのこと、腹直筋や外腹斜筋《がいふくしゃきん》も見事なものだ。ここまでの体を作るには、日常的なトレーニングが必要だ。それも生半可なものではないだろう。

（肉体労働者……いや、この体つきは格闘家《かくとうか》か武道家か……？）

マシントレーニングとプロテインで大きくなったものとは違《ちが》う実用的な筋肉に見える。

触《さわ》ってみればどんな目的の筋肉かわかるかもしれない。無意識に伸《の》びかけた手を、志季は理性で押し留《とど》めた。

「何考えてるんだ、俺は」

少しくらい触ってみてもいいのではという誘惑《ゆうわく》と、そんなことをしたらまずいと制止する理性の間で揺《ゆ》れ動く。そして、そんな衝動《しょうどう》に駆《か》られている自分にも動揺《どうよう》していた。

これまで、肉体の美しさに感心したことはあるけれど、こんなふうに触りたいと思ったのは初めてだ。

(——いや、二人目か?)

触《ふ》れたいと心から思ったのは、幼い志季を助けてくれたあの人が初めてだ。

もう二十年近く会っていないのに彼の存在を未《いま》だに忘れることができないのは、子供心への刷り込みのような感情があるせいかもしれない。

とにかく、意識のない相手に特別な理由もなしに触れるわけにはいかない。そう自分に堅《かた》く云《い》い聞かせていたら、男が診察台《しんさつだい》の上で身動いだ。

「ん……」

「……っ」

一瞬、心の内が伝わってしまったのかと思い、ぎくりとなったけれど、目を覚ましたわけではないようだ。まだ何もしていないにも拘《かか》わらず、後ろめたさで胸が痛む。

いまも規則的に肩《かた》を上下させている。呼吸に合わせて動く大胸筋は魅惑的《みわくてき》で、まるで志季を誘惑しているかのようだった。

もちろん、そんなことがあるわけないことは重々承知している。だが、触れてみたいという欲求《よっきゅう》は強くなる一方だった。

「………」

そもそも、男同士なのだからそこまで意識する必要はないのではないだろうか。自分は医師なのだし、体調を確認《かくにん》するくらいならとくに問題はないはずだ。

そんな葛藤《かっとう》と云い訳を繰り返す中、最終的には誘惑に負けてしまった。そろそろと伸ばした指先で心臓の上に触れる。

「……っ⁉」

彼に触れた途端《とたん》、ぞくぞくと背筋がおののき、下腹部がずくりと疼《うず》いた。

(な、何なんだ、これ？)

指先から生まれた甘い感覚が全身に伝わっていくようだった。

まるで欲情しているかのような反応をしてしまう自分に戸惑《とまど》いを覚えながらも、筋肉の感《かん》触《しょく》に夢中になってしまう。

想像したとおり、感触も理想的だった。もうこれ以上はまずいと理性がアラームを鳴らしているのに、自らの手を止められない。

だんだんと腰の奥まで疼いてくる。不思議な昂揚感《こうようかん》に包まれながら指先から伝わる感触を味わっていたら、不意に覚醒《かくせい》した男と目が合った。

「あ」

咄嗟《とっさ》に対応できず、固まってしまった。じわりと背中に嫌《いや》な汗が浮《う》かぶ。

「お前――」

呼びかけられ、すうっと血の気が引いていく。自分のしていることは、どこからどう見ても変態行為《こうい》だ。

いくら行き倒《だお》れていたところを助けたからと云って、許されることではない。

「すみません！　あの、これはその……っ」

自分を凝視《ぎょうし》している男に咄嗟に云い訳をしようとしたけれど、自分でも何を云っているかわからない。責められるのを覚悟《かくご》して身構えたけれど、男の口から出てきたのは間の抜《ぬ》けた問いかけだった。

「ここは……病院か？」

「え？　あ、はい。表で寝入《ねい》っていたので……」

事情を説明しようとしたけれど、想定外の言葉が返ってくる。

「ずいぶん積極的なんだな。まさか志季がこんなふうに誘《さそ》ってくるなんて驚《おどろ》いた」

「誘っ……え⁉」

「けど、嬉《うれ》しいよ」

頭の後ろを押さえられ、引き寄せられる。男の顔が近づいたと思ったら、唇《くちびる》が柔《やわ》らかいもので塞《ふさ》がれた。

「んん……っ⁉」

何が起こったのか理解できずに思考停止する。突然《とつぜん》の展開に頭がついていかない上に、口を塞がれているせいで疑問を投げかけることもできない。

(ちょっと待て！　何でキスなんかされてるんだ⁉　つーか、いま俺の名前を呼ばなかったか？)

すぐに我に返り、男を引き剝《は》がそうとしたけれど、びくともしなかった。拳《こぶし》で叩《たた》いてみるけれど、自分の手のほうが痛くなってしまう。

そうこうしているうちに、さらに強く引き寄せられて口づけが深くなる。

「ン、んんー……っ」

男は志季の唇を柔らかく食《は》み、当たり前のように舌を差し込んでくる。きっと、恋人《こいびと》と勘違《かんちが》いしているのだろう。

(酔っ払いはこれだから嫌なんだ！)

しかし、勘違いしているのだとしたら、何故《なぜ》志季の名を呼んだのだろう？　そんな疑問が頭に浮かぶ。さっきのは聞き間違いだったのだろうか。

口腔《こうこう》を舌で傍若無人《ぼうじゃくぶじん》に搔《か》き回される。唐突《とうとつ》な展開に頭がついてきていないのに、上顎《じょうがく》や舌の裏を探《さぐ》られるたびに頭の芯《しん》が甘く痺《しび》れていった。

こんなことやめさせなければと思うのに、キスの気持ちよさに負けてしまう。

「……ぅん……」

これまでつき合ったことのある彼女とはキスまでならしたことがある。だけど、触れ合うだけで精一杯《せいいっぱい》で、こんな濃厚《のうこう》なものをしたことはなかった。

（どうしよう……気持ちいい……）

自分の口の中に男の舌が入り込んでいることに、嫌悪感《けんおかん》を抱《いだ》くどころか快感を覚えてしまっている。認めたくはないが、それは偽《いつわ》りのない事実だった。

まるで、触れ合っている部分から蕩《とろ》けて混じり合ってしまいそうな錯覚《さっかく》すら覚える。こんな感覚は、生まれて初めてのことだった。

（ていうか、何で勃《た》ってるんだ⁉）

ずくりと熱く疼いた下腹部に意識を向け、自分がそこを昂《たか》ぶらせていることに気がついた。

短期間で終わりを告げることになった歴代の彼女に対しては一切《いっさい》役に立たなかったモノが、信じられないくらい臨戦態勢になってしまっている。

それどころか、触れた瞬間《しゅんかん》に生まれた疼きが、どんどん自己主張を強めてきていた。

自分はゲイではない。多分、そのはずだ。これまで、同性相手に欲情したことは一度もない。それなのに、いま確かに男にキスをされて感じてしまっている。

そもそも、キスをされている理由がわからない。体に触れていたことを怒《おこ》られるならともかく、男は『積極的』だとか『誘って』だとか意味のわからない言葉を口にしていた。

（あっ、もしかして、俺が体目当てに連れ込んだと思われてんのか⁉）

自分でも誤解を受けても仕方のない行動だったと反省するも、キスされたままでは誤解を解くこともできない。

拳で男の体を叩くけれど、志季の攻撃《こうげき》など蚊《か》が止まった程度にしか感じていないのだろう。

そうこうしているうちに力が抜けていってしまう。理性や衝撃《しょうげき》など、色んなものを凌駕《りょうが》して、快感に思考が支配されていく。

「ぅん、ン、ん――ひゃっ」

かくん、と膝《ひざ》が折れた弾《はず》みで口づけが解《ほど》け、男の体の上に倒《たお》れ込んでしまった。

逞《たくま》しい胸板《むないた》に覆《おお》い被《かぶ》さるような体勢になり、全身に電流のようなものが駆け抜ける。彼とぴったりと重なり合った瞬間、言葉では云い表せない甘い感覚に支配された。

「だ、大丈夫《だいじょうぶ》か？」

「大丈夫です……っ」

男の問いかけで我に返り、志季は勢いよく彼の上から飛び退《すさ》る。その弾みで床《ゆか》に尻餅《しりもち》をついてしまった。

体は離《はな》れたものの、唇や舌の上にはまだ感触が残っており、快感の余韻《よいん》が体を支配していた。

（ていうか、大丈夫とか大丈夫じゃないとかそういう問題じゃないだろ！）

誤解をされているなら、まずはその話をしなくてはならない。気持ちを落ち着け、志季を助けようと手を伸《の》ばしている男を見上げる。

「！」

いままで体にばかり意識が行っていたけれど、目を覚ました男の顔に初めて目が行った。襟《えり》足《あし》のすっきりした黒髪《くろかみ》に、彫《ほ》りの深い整った顔立ち。一般的《いっぱんてき》に『イケメン』と評される容姿だ。

眠《ねむ》っていたときはわからなかったけれど、意志の強そうな眼光の強い切れ長の目に見つめられると、それだけで鼓動《こどう》が速くなった。

「もしかして腰が抜けてるのか？」

「あ、いや、大丈夫です――」

慌《あわ》てて立ち上がろうとしたけれど、それよりも早く抱き上げられて診察台《しんさつだい》に乗せられた。彼を寝《ね》かせるときは相当苦労したのに、志季は軽々と扱《あつか》われてしまった。

横たえられただけでなく、そのまま覆い被さられる。意識がないときに勝手に触《さわ》ったのは悪かったけれど、こんな展開は想定していなかった。

志季は顔を寄せてくる男を押し留め、誤解を解こうと言葉を探す。

「ちょ、ちょっと待って下さい！　勘違いさせてしまったみたいですが、俺はそんなつもりだったわけでは」

「あんなふうに触っておいて、いまさら何云《い》ってる。その気がなかったなら、普通《ふつう》こんなにはなってないだろ？」

「……っ⁉」

すでに硬《かた》くなり始めていた股間《こかん》を握《にぎ》り込まれ、志季は声を詰《つ》まらせた。男である以上、体の変化は隠《かく》しようがない。

「ぁ、や……っ」

指が食い込む感触《かんしょく》に、そこはさらに張り詰めてしまう。

刺激《しげき》されたら反応するのは、生理現象として仕方のないことだが、相手は行きずりの男だ。

このまま行為を続けるべきではない。

肉体の誘惑《ゆうわく》に屈《くっ》して不用意に触《ふ》れてしまった自分を後悔《こうかい》しているが、とにかくいまは彼を止めることが先決だ。

「ご、誤解させて申し訳ないですが、俺は医師なんです！　医師として体に興味があっただけで他意はまったく――」

自らの職業を理由にするのが、一番信憑性《しんぴょうせい》が高いだろう。

自分でも取ってつけたような云い訳だという自覚はあったけれど、黙《だま》っていたらこのまま抱かれてしまう。

「ってことは、いつも診察であんなエロい触り方してるのか？」

「な……ッ、そんなことしてません！」

男の指摘《してき》にカッと顔が熱くなる。触れ方まで意識していたわけではないが、当人が云うならそういうふうに触っていたのかもしれない。

「別にお前を責めたいわけじゃない。あの小さかった志季も大人になったんだとわかって、むしろ嬉《うれ》しかった」

「云い訳がしたいわけじゃ……っていうか、どうして俺のことを知ってるんですか？」

彼の言葉にさっき感じた疑問を思い出す。男は『志季』と名前を呼んだ。

この地域の人間なら、この診療所《しんりょうじょ》のことを知っていてもおかしくはないが、戻《もど》ってきたばかりの志季の名前を知っているのが不思議だった。

志季の問いかけに、今度は男のほうが怪訝《けげん》な顔になった。

「昔、俺に懐《なつ》いてただろ」

「懐いてた……？」

「神社の近くの高岡《たかおか》空手道場って覚えてないか？」

「道場？」

「にーちゃんって呼んでくれてただろ」

「にーちゃん……あっ！」

告げられたヒントに、じわじわと記憶《きおく》が蘇《よみがえ》ってくる。彼の云うとおり、ここから五分ほどのところに空手道場がある。夏川医院の患者《かんじゃ》には、そこの門下生も少なくない。

小学生のとき、よく覗《のぞ》きに行っていた時期がある。あの道場の関係者で志季が懐いていた人物はたった一人だけだ。

（……まさか……）

思い出と目の前の人物が繋《つな》がり、志季の脳裏《のうり》に答えが導き出されたけれど、俄《にわ》かには信じられなかった。

「もしかして——敦史《あつし》…さん……？」

志季は憧《あこが》れのあの人を『敦史にーちゃん』と呼んでいた。脳裏に蘇った名前を恐《おそ》る恐る口にすると、彼は嬉しそうに口元を綻《ほころ》ばせた。

「思い出したか」

つまり、この男こそが志季の『ヒーロー』だったというわけだ。高岡なら志季のことを知っていて当然だ。

彼は高岡敦史——志季が小学生の頃《ころ》、一時期捻挫《ねんざ》の治療《ちりょう》で夏川医院に通ってきていた高校生だったということだ。

あまりに想定外のことで現実感が湧《わ》いてこないけれど、考えてみれば、あの人と同じ体をしている気がする。本人だとしたら、理想どおりの体をしていたことも頷《うなず》けた。

「……おい、煽《あお》ってるのか？」

「あっ、ち、違《ちが》……っ」

確認《かくにん》するために、また体に触れてしまっていた。慌てて手を引っ込めたけれど、無意識の自分の行動に狼狽《うろた》える。

（ていうか、こんな顔してたっけ……）

彼の顔を覚えていなかったのは、多分体ばかり見ていたからだ。いつもドキドキしてしまって顔が見られなかったのだ。

「俺だとわかってなかったってことは、純粋《じゅんすい》に体目当てだったってことなのか？」

「雨が降ってきたから、やむなく連れてきただけです！　さ、触ってたのは、その、あんまりいい体してたからつい……。そのことは謝らせて下さい」

変に云い訳をするよりも、出来心を認めてしまったほうが話がややこしくならずにすむかもしれない。

それにしても、帰り道で偶然《ぐうぜん》拾った相手が憧れのあの人だったなんて、運命のイタズラにも程《ほど》がある。

時間を巻き戻せるなら、欲望《よくぼう》に負けて触れてしまった自分を止めに行きたい。

もちろん、知り合いだろうが見ず知らずの人間だろうが、自分のしたことに問題があることに変わりはないけれど、気まずさは段違《だんちが》いだ。

いまさら、どんな態度で接すればいいのかわからない。

「気に病《や》むな。体目当てだとしても俺は気にしない」

「ちょっと待って下さい！　どうして体目当てってことになってるんですか!!」

神妙《しんみょう》にしていようと思ったのに、高岡に勝手な解釈《かいしゃく》をされツッコんでしまった。

「違うのか？」

「ウチの前で酔《よ》い潰《つぶ》れてたところに雨が降ってきたから、仕方なく中に入れただけです！　服を脱《ぬ》がせたのも雨で濡《ぬ》れたからってだけで……信用できないなら防犯カメラの映像を見せましょうか？」

診察室の中までは映っていないけれど、四苦八苦して運び入れているところを見れば状況《じょうきょう》を把握《はあく》してもらえるはずだ。

「なるほど。連れ込んでからそういう気分になったということだな」

「だから、俺はゲイでもバイでもありません！　普通に彼女だっていたんですからね⁉　いまはいないけど……」

最後の言葉はやや小さくなる。むしろ、高校を卒業してからは浮《う》いた話すらない。学生の頃は清い交際でも続いたけれど、成人してからはそうもいかない。

人柄《ひとがら》に惹《ひ》かれ、好意を抱《いだ》いていてもスキンシップが濃《こ》くなっていくに従って無理が生じてくる。柔《やわ》らかく肉感的な体は志季のトラウマを蘇らせるのだ。

しかし、女性らしい体自体が苦手なのであって、男が好きなわけではない。

男性的な筋肉質な体つきに魅力《みりょく》は覚えても、性的な興奮を抱いたことはない。それこそ、積極的に触りたいと思ったことがあるのは高岡の体だけだ。

「つまり、男とはしたことがないということか？」

「悪かったですね！　男とも女ともしたことがなくて！」

自棄《やけ》になった志季の発言に、高岡は一瞬《いっしゅん》押し黙った。云《い》わなくてもいいことまで口にしてしまったことに気づいたけれど、引き返すことはできない。

「……そうか。なら、俺が初めてなんだな」

「初めてをする気はありません！」

高岡が微《かす》かに口元を緩《ゆる》ませるのを見て、声を荒《あら》らげてしまった。喜ばせるために童貞《どうてい》を告白したわけではない。

「一度経験するのも悪くないだろう」

「したいなんて一言も云ってないんですけど！」

「志季はゲイに偏見《へんけん》があるのか？」

「え？　あ、いえ、そういうわけじゃ――」

否定しようとしたけれど、自分の言動は偏見と取られても仕方のないものだ。どんな性癖《せいへき》だろうと、それは個人の自由だし、非難されるべきではない。

いまの日本では異性同士でつき合っている人たちのほうが大多数であるけれども、人を好きになる気持ちに性別は関係ない。医師としても、不適切な言動だったことを反省した。

同性愛者を否定するつもりはない。ただ、いつか心から愛する人と幸せな家庭を築きたい。そう思ってきただけだ。

（俺の家は幸せとは云いがたかったし……）

志季の家庭は、物心ついた頃から機能不全だった。両親ともに仕事が一番大事な人たちで、子供に対しても不仲であることを隠《かく》していなかった。

どちらも家庭を顧《かえり》みないタイプだったため、幼い自分にも興味を示すことなく、面倒《めんどう》を見てくれていたのは通いの家政婦だ。

両親と過ごすときは、ぴりぴりとした空気の中、二人の機嫌《きげん》を損《そこ》ねないように過ごすことに必死だった。

そんな家族が長続きするわけがない。

それぞれが大事なものを優先した結果、両親は揉《も》めることなくすんなりと離婚《りこん》し、当時小学生だった志季は十歳で父方の祖父のもとに引き取られることになった。

彼らの離婚に関して、悲しいとか嫌《いや》だという感情を持った記憶はない。むしろ、やっと別れるのかと思ったくらいだ。

聞き分けがいいと云えば聞こえはいいが、実際は大人の顔色を窺《うかが》っている子供だったため、ほっとした部分もあった気がする。

両親に必要とされていないという現実にショックを受けなかったとは云わないけれど、祖父との暮らしは温かく健《すこ》やかで、新しい生活の楽しさのほうが大きかった。

祖父のもとでは惜《お》しみなく愛情を注がれ、近所の人たちにも可愛《かわい》がられ、普通《ふつう》の幸せを味わうことができた。だから、今度は自分が幸せな家庭を築きたいと思ったのだ。

「経緯《けいい》はともかく、俺の体に欲情《よくじょう》したことは間違《まちが》いないだろう？」

高岡はどこまでも真面目《まじめ》な顔で云う。からかっているわけでも、冗談《じょうだん》を云っているわけでもなさそうだ。

「勝手に触《さわ》ったことは悪いと思っていますが、欲情なんてしていません！」

体の反応はともかく、性的な意図で触《ふ》れたつもりはまったくない。そして、高岡の意図も理解できなかった。

(俺の憧れの人はこんな男だったのか⁉)

志季の知っている高岡は、誰《だれ》よりも誠実で生真面目《きまじめ》な人間だった。曲がったことが嫌《きら》いで堅《かた》苦《くる》しいと云われるくらいの性格をしていた。

一夜限りだったり、体だけの関係を是《ぜ》とするタイプではないはずだ。それは志季の中で美化されたイメージだったのだろうか。

「恥《は》ずかしがらなくていい。俺は性別にこだわりはないし、志季にならば好きにされても構わない」

「恥ずかしがってもいませんから！　とにかく、誘《さそ》ったわけでも、い、嫌らしいことをするつもりでもありません！　とっとと俺の上からどいて下さい」

高岡の話の通じなさに苛々《いらいら》する。相手が誰だろうと、志季はそういった行為《こうい》をするつもりは毛頭ない。

押《の》し退けられないなら、抜《ぬ》け出すまでだ。腕《うで》の隙間《すきま》から逃《のが》れようと体を捩《よじ》ったら、背後から抱き竦《すく》められた。

「……ッ」

高岡の逞《たくま》しい体で包み込まれる感触《かんしょく》に、思わず息を呑《の》む。ワイシャツ越《ご》しに触れる肉体の感触が堪《たま》らない。

「そんな状態でどこに行くんだ？　放っておいて治まるような状態じゃないだろう」

「……自分でどうにかしてきます。放して下さい」

他人に手伝ってもらう必要はない。いい大人なのだから、このくらいのことは自分で処理できる。

「遠慮《えんりょ》するな。俺がよくしてやる」

「遠慮してるわけじゃ――や、あ……っ」

高岡は志季の体をまさぐりながら、ネクタイを引き抜き、太い指で器用にシャツのボタンを外していく。その手を摑《つか》んで止めようとするけれど、高岡は止まらなかった。

「ちょっ、待っ……」

「俺が待てない」

「!?」

腰《こし》を強く引き寄せられ、腿《もも》の後ろに硬《かた》いものが当たる。高岡のそれは志季以上に昂《たか》ぶっていた。志季は感触から伝わる大きさに目を瞠《みは》る。

「お前はいいかもしれないが、俺は責任を取ってもらいたい」

「そんなこと云われても——あ、やめ……っ」

逃れようとして肘《ひじ》で押した大胸筋の触り心地《ごこち》や、体をまさぐる手を止めようとして摑んだ腕の硬さについ意識が取られてしまう。

高岡に触れられると信じられないくらい過敏《かびん》に反応してしまう。やめさせたいはずなのに、抗《あらが》うことさえできない。

「こんな形で再会するとは思ってなかった」

耳元で囁《ささや》かれ、ぞくぞくと背筋が震《ふる》えた。懐《なつ》かしい落ち着いた低い声が、今日はどこか熱を帯びていた。

「俺の体に触りたかったんだろう？」

「だから、それは……っ、ぅあ……っ」

違《ちが》うと繰《く》り返そうとしたけれど、喉《のど》の奥から押し出される声に負けてしまう。肌《はだ》を撫《な》で回す手の動きよりも、背中に触れる硬い胸板《むないた》の感触ばかり意識してしまう。

「意外と鍛《きた》えてるんだな。昔はあんなに細かったのに」

「……子供のときとは違います」

小柄《こがら》で細々としていた頃《ころ》を考えたら、それなりに育ったほうだとは思う。そう考えたら、目覚めてすぐに自分のことが『志季』だとよく気づいたものだ。

「わかってる。だから、こうして大人扱《あつか》いしてる」

「ひぁっ」

胸の尖《とが》りを摘《つま》まれ、声を上げる。そんなところを意識したことはないはずなのに、高岡の指に触れられると嘘《うそ》のように過敏に反応してしまう。

志季のそこが感じやすいと知った高岡は、集中的に責めてくる。摘み上げて押し潰《つぶ》し、また撫でて硬くする。

「あ、や、あ……！」

「大きくなってて見違えたよ。でも、困った顔が変わってなくてすぐわかった」

「や……っ、やだ、そこ、弄《いじ》……らない、で……っ」

そこだけではない。全身の神経が信じられないくらい鋭敏《えいびん》になっていた。

自分を包み込む体温、首筋に当たる吐息《といき》、腰に押しつけられた硬い感触——その何もかもに云いようのない昂揚感《こうようかん》が湧《わ》き上がってくる。

「あ、はっ……」

「志季」

掠《かす》れた声が鼓膜《こまく》に響《ひび》いて首筋が震える。

「呼び捨てにしな……いで……っ」

「志季は志季だろ？」

「ひゃっ」

耳朶《みみたぶ》に歯を立てられ、体が大きく跳《は》ねた。意識が逸《そ》れた隙《すき》にスラックスと下着を押し下げられ、下半身が露《あら》わになる。志季のそれは痛いくらいに硬く張り詰《つ》め、反り返っていた。

「キツそうだな。すぐ楽にしてやる」

「あ――」

屹立《きつりつ》に太い指が絡《から》みつく。皮膚《ひふ》の硬くなった指先で扱《しご》かれると快感が駆《か》け抜けた。

「やめ、や、ぁ……っ」

弱々しく抗うけれど、この歳まで童貞《どうてい》を貫《つらぬ》いてきた志季の理性は初めて味わう快感には呆気《あっけ》なく敗北した。

（やばい……どうしよう、気持ちいい……）

高岡の手技は巧《たく》みだった。自ら慰《なぐさ》めるのとは段違《だんちが》いの快感に困惑《こんわく》しながらも、休みなく与《あた》え続けられる刺激《しげき》に思考が鈍《にぶ》くなっていく。

「志季、可愛い」

「この酔《よ》っ払《ぱら》い……っ」

「確かにお前に酔ってるな」

項《うなじ》に押し当てられる唇《くちびる》の柔《やわ》らかさにも肌がざわめく。耳の後ろを探《さぐ》られ、耳朶を食《は》まれる。

くすぐったさから逃れようと頭《かぶり》を振《ふ》ったら、後ろから覗《のぞ》き込むような体勢で口づけられた。甘く濃厚《のうこう》なキスは自ら解《ほど》くことができず、まるで生き物のように絡んでくる舌にされるがままになるしかなかった。

「や……っ、ぅン！」

「ん、んん……っ」

混じり合った唾液《だえき》の濡《ぬ》れた音が鼓膜を刺激する。自身を高められながらのキスは、志季から理性を奪《うば》い去る。いまはただ、快楽に溺《おぼ》れたい。

キツく追い立てられ、あっという間に上り詰める。やがて、志季は息を詰め、高岡の手の中に白濁《はくだく》を吐《は》き出した。

「……っ」

何もかもどうでもよくなるほどの快感だった。絶頂の余韻《よいん》と解放感に、四肢《しし》を弛緩《しかん》させる。快感でぼやけた思考もまだはっきりしない。

おもむろに解放された唇には生々しい感触が残っている。執拗《しつよう》なキスで腫《は》れぼったくなったそこはまだ甘く痺《しび》れていた。

(何か、すごかった……)

比べる相手はいないけれど、体がさらなる欲求《よっきゅう》を覚えてしまうほど、彼の手技は巧みだった。認めたくはないが、自分が高岡の体に欲情していることは間違《まちが》いなかった。

「大丈夫《だいじょうぶ》か？」

「……え？」

「ああ、起きなくていい。これ借りるぞ」

そう云《い》いながら高岡が手にしていたのは軟膏《なんこう》の容器だった。一瞬《いっしゅん》、惚《ほう》けてしまったけれど、どういう目的で使おうとしているかくらい察しがつく。

（嘘だろ……っ）

この先の行為を想像して血の気が引き、正気が戻《もど》ってきた。だが、拒《こば》む間もなく、側臥位《そくがい》の体勢で後ろから足の間に軟膏を塗《ぬ》りつけられ、強引《ごういん》に指先を押し込まれる。

「や――」

軟膏の滑《ぬめ》りでスムーズに奥まで指が入り込む。健康診断《けんこうしんだん》のときの直腸診で指を入れられたことはあるけれど、それとこれとはわけが違う。

「いや、やだ、抜いて……っ」

自分の中で指が蠢《うごめ》く感触に狼狽《うろた》える。体内を掻《か》き回される感覚は奇妙《きみょう》と云うしかない。ぬるぬると後ろの窄《すぼ》まりを抜き差しされ、深いところまで探られる。

「あ、はっ……嫌《いや》、だ……っ」

「直《じき》によくなる」

「そんなの……っ」

よくなるまで待つのも嫌だ。いますぐにでもやめさせたかったけれど、もう指先にも力が入らなかった。高岡は志季の中で指を蠢かせ、内壁《ないへき》を刺激する。

「うあっ⁉」

「ここ、感じるだろう？」

「え？　や、何？」

云われた場所を意識する。初めは違和感《いわかん》だけだったそこをしつこく責められているうちに、何とも云えない感覚に変わってきた。

「な…んで？　ああっ、ぁん！」

自分のものとは思えない声が上がる。繰り返し探られている場所を強く押されると、悲鳴じみた嬌声《きょうせい》が上がってしまう。

執拗な刺激に快感が強くなってくる。咄嗟《とっさ》に自分の口を塞《ふさ》いだけれど、喉の奥から押し出される声は抑《おさ》えきれなかった。

「んん、う、ん……っ」

指を増やされ、中をさらに押し開かれる。

これ以上、みっともない声が上がらないよう手の甲《こう》を噛《か》んだ。内壁に圧を加えられるたびに、びくっと体が跳ねてしまう。

体温で蕩《とろ》けた油分で滑《なめ》らかに太い指を何度も抜《ぬ》き差しされ、どんどん息が上がっていく。終わりのない刺激に気が遠くなってきていた。

「ぅん、ン、あ……っ」

指を抜かれたときには、息も絶え絶えになっていた。高岡はぐったりとしている志季から下着とスラックスを取り去り、足を左右に大きく押し開く。

気怠《けだる》さに惚けていた志季だったけれど、自らのみっともない姿に気づき息を呑《の》む。いつの間にか露《あら》わになっていた高岡の屹立を後ろの窄まりにあてがわれ、悲鳴じみた声を上げた。

「そんなの入るわけないじゃないですか！」

腿《もも》に触《ふ》れた感触《かんしょく》からある程度のサイズを想定していたけれど、実際に目にしたそれは想像以上だった。同性の自分の目から見ても凶暴《きょうぼう》すぎる。

その質量を体の中に受け入れるなんて、無理に決まっている。

いや、相応の準備をすれば可能だということは知識上ではわかっているけれど、万が一可能だとしても、そんな無茶《むちゃ》はしたくない。

「大丈夫だ。充分《じゅうぶん》慣らした」

「無理に決まって――――っあ!?」

高岡は焼けるように熱いそれを、志季の中に強引に押し込んできた。先端《せんたん》を受け入れてしまえば、ある程度の抵抗《ていこう》はあるものの、志季の体は高岡のそれを呑み込んでいく。

「やめ、や、あ、あ……」

未知の感覚に、混乱と恐怖《きょうふ》を感じる。怖《こわ》いのは快感を覚えているせいだ。他人の欲望《よくぼう》を受け入れて感じてしまっている自分が怖い。

「息を詰めるな」

「あ…あ、あ……っ」

じりじりと自分の中が押し開かれていくのがわかる。内臓が押し上げられるような圧迫感《あっぱくかん》に息が詰まる。

「全部入った。痛くはないだろ？」

「……うそ、だ……」

高岡の言葉に顔を上げると、下半身がぴったりと密着していた。つまり、根元まで自分の中に埋《う》め込まれているということだ。

硬《かた》くて熱いもので体内が満たされている。自分の中に他人の体の一部が入っている感覚は、上手《うま》く言葉にはできなかった。

異物を呑み込んだそこはぎちぎちになっていたけれど、高岡の云うように痛みはない。粘膜《ねんまく》同士が触れ合い、誂《あつら》えたように嚙み合っている。そこから熱くて硬いものがドクドクと脈打っている様子が伝わってきた。

そして、こんな状態になっても、高岡の逞《たくま》しい体に目が行く。

(俺は変態だったのか……？)

そんな自分に戸惑《とまど》いながらも、呼吸で上下する大胸筋やくっきりと割れた腹直筋を舐《な》めるように見てしまう。

「熱いな。志季の中、気持ちいい」

太腿を撫《な》で上げられ、脇腹《わきばら》を探《さぐ》られる。くすぐったさに似たさざめくような感覚に、銜《くわ》え込んだそれを締《し》めつけてしまった。

「俺は…気持ち悪い……っ」

男に犯《おか》されて感じているなんて、絶対に知られたくはない。恍惚《こうこつ》とした様子で体をまさぐる高岡に、つい憎《にく》まれ口を叩《たた》いてしまう。そんな志季の言葉を高岡は笑い飛ばした。

「なら、どうして萎《な》えてないんだ？」

「あ……っ」

自身を指先で撫で上げられ、上擦《うわず》った声が上がる。無理矢理《むりやり》体を繋《つな》げられたというのに、志季の昂《たか》ぶりは萎えるどころか力を漲《みなぎ》らせたままだった。

そこを握《にぎ》り込まれて緩《ゆる》く扱《しご》かれれば、繋がった部分をさらに締めつけてしまう。

「キツくなった」

「ひぁっ、や、遊ば…ないで……っ」

手の中で強弱をつけて弄《もてあそ》ばれ、いいように翻弄《ほんろう》されてしまう。

「気が逸《そ》れれば少しは楽だろう？」

「ぁあっ、あ、ぅあ……っ!?」

先端から溢《あふ》れ出す体液が高岡の指に絡《から》む。指の動きばかり意識で追うようになった頃《ころ》、ぐっと強く突《つ》き上げられ、志季は喉《のど》を仰《の》け反らせた。

衝撃《しょうげき》に一瞬頭の中が真っ白になる。高岡はそのままゆっくりと腰《こし》を送り込むような律動を続けた。繋がり合ったそこから伝わる振動《しんどう》に、志季の体は確かに感じていた。

「ぅあ…っ、あっ、あ……っ」

ゆったりとした律動は徐々《じょじょ》にテンポが上がっていき、やがてその動きは抜き差しに変わった。粘膜を大きく擦《こす》り上げられる刺激《しげき》が堪《たま》らない。

その強烈《きょうれつ》な感覚から逃《に》げるように体がずり上がっていくけれど、腰を摑《つか》まれ、勢いよく引き戻される。

「ぁあ……ッ」

深く突き立てられるたびに目の前がチカチカと光り、自身からは濁《にご》った体液が溢れ出た。

認めたくないのに、気持ちよくて堪らない。志季は男に抱《だ》かれているという現実と、それによって快感を得ているという事実に打ちのめされていた。

「何で、こんな……っ」

快楽に溺《おぼ》れていく自分が怖くて堪らない。理性を手放したくないのに、欲望に負けてしまいそうになる。

「余計なことは考えるな」

「あっ、あっ、あ……っ」

ガクガクと体を揺《ゆ》さぶられ、頭の中が霞《かすみ》がかっていく。

「あ……っ、はっ……」

「摑まってろ」

導かれるままに背中に腕《うで》を回すと手の平に汗《あせ》ばんだ肌《はだ》が触れる。汗ばみ硬く張り詰《つ》めた僧帽《そうぼう》筋《きん》の感触が堪らず、縋《すが》りつくようにしがみついてしまった。

重なり合う肌が甘く痺《しび》れるようだ。もっとたくさん触れたいと思ってしまう自分を否定することはできなかった。

「志季……っ」

「ああっ、ぁん、んん……っ」

志季の名を呼ぶ声からも余裕《よゆう》がなくなってきている。荒々《あらあら》しく責め立てられ、高岡の肩口《かたぐち》に顔を埋《うず》めたまま、啜《すす》り泣くように喘《あえ》いでしまう。もう終わりは目の前だった。

「や、あっあ、も、ああ……ッ」

勢いよく奥まで貫《つらぬ》かれた瞬間《しゅんかん》、志季は二度目の絶頂を迎《むか》え、欲望を爆《は》ぜさせた。熱い飛沫《ひまつ》が腹部にかかる。

「……っ」

耳元で息を詰める気配を感じると共に、深く呑み込んだ屹立《きつりつ》が大きく震《ふる》えた。高岡も終わりを迎えたようだ。

「……あ……」

絶頂の余韻《よいん》が引いていくと共に、志季の意識は霧散《むさん》していった。

「――――」

意識を失っていたのは、小一時間ほどのことだったようだ。目を覚ましてからもしばらくは呆然《ぼうぜん》としていたけれど、いまはどん底に落ち込んでいた。

（……何やってんだ、俺は……）

行為《こうい》の最中は熱に浮《う》かされてわけがわからなくなっていたけれど、そんな自分に後悔《こうかい》しか浮かばなかった。

いくら理想の体だからと云《い》って、男に易々《やすやす》と抱かれるなんてあり得ない。しかも、職場の診《しん》察台《さつだい》の上でだなんて不謹慎《ふきんしん》にも程《ほど》がある。

原因を作ったのは志季自身だ。肉体の誘惑《ゆうわく》に負け、意識のない相手に触《ふ》れてしまったのは完全に志季の落ち度だ。そういう意味では自分に責任がある。

「くそっ」

あのとき無視して家に帰っていればいまごろはベッドに入り、就寝《しゅうしん》していただろうにと思うと、悔《く》やんでも悔やみきれない。

和姦《わかん》だとは認めたくないけれど、不快感も嫌悪感《けんおかん》もない上に愉《たの》しんでしまった以上、高岡を責めきれない。

口が裂《さ》けても云うつもりはないが、死ぬほど気持ちがよかった。

生まれて初めてのセックスに、男に組み敷《し》かれている屈辱感《くつじょくかん》を凌駕《りょうが》するほど溺れてしまうなんてどうかしている。

高岡の体に直接触れた指先は蕩《とろ》けそうだったし、キスだけであれほどの快楽が得られるなんて想像したこともなかった。

（わざわざ思い出すな！）

忘れろ忘れてしまえと自分に云い聞かせるように呟《つぶや》く。

抱かれているときの自らの様子を思い出すと、恥《は》ずかしさで死にたくなる。叫《さけ》び出したい気持ちを、理性で無理矢理抑《おさ》え込んだ。

病《や》みつきになってしまいそうなほどの快感の残滓《ざんし》が、まだ志季の体に残っている。意識が途《と》切《ぎ》れなかったら、本当にどうにかなっていたかもしれない。

世の中の恋人《こいびと》たちはあんなことを日常的に行っているのかと考えると恐《おそ》ろしい。

しかも、貞操《ていそう》は奪《うば》われたけれど、童貞《どうてい》のままだという事実も志季の気持ちを複雑にさせていた。未経験のまま人生を終える危惧《きぐ》をうっすらと抱《いだ》いていたけれど、余計に質《たち》が悪い。

「……俺はゲイなのか？」

一つの可能性を口にする。これまで同性相手に恋愛《れんあい》感情を抱いたことはないが、高岡には——もとい、高岡の体には欲情《よくじょう》してしまった。

これまでつき合った女性とは抱《だ》き合うことはできなかったけれど、彼とはできたという結果から導き出される答えは、あまり多くはない。

性的な指向が同性だったか、もしくは高岡（の体）が特別だったかのどちらかだ。

（……どっちにしても辛《つら》い……）

いつか普通《ふつう》に触れ合える運命の女性に会えるはずだと信じてきた。だけど、初体験がこんなことになるなんてこの世には夢も希望もない。

いい歳をして夢見がちだったことは自覚しているが、こんな形で夢が壊《こわ》されるなんて泣くに泣けなかった。しかも、その原因は自分の考えなしな行動だ。後悔《こうかい》しかない。

「……あんな体してるのが悪い」

高岡が酔《よ》い潰《つぶ》れていなかったら、雨が降らなかったら、理想の体をしていなかったら。あらゆる『もしも』が頭を過《よ》ぎるけれど、どれも所詮《しょせん》過去のことだ。

完全な責任転嫁《てんか》だという自覚はあったけれど、心の中でくらい八つ当たりさせて欲しい。

「シャワー、ありがとう」

「!!」

自己嫌悪《けんお》に陥《おちい》りながら頭を抱《かか》えていた志季は、不意に投げかけられた声に飛び上がりかけた。

「服が見当たらなかったが、どこにやった？」

「ええと……洗濯機《せんたくき》に……」

リビングに戻《もど》ってきた高岡は、タオルを腰に巻いただけの格好だった。雨の中を引き摺《ず》って汚《よご》れた彼の服は洗濯し、いま乾燥《かんそう》にかけている。

そんなことよりいまは彼の肉体に目が釘《くぎ》づけだった。

（やっぱり、すごい……）

改めて目にする高岡の体は惚《ほ》れ惚《ぼ》れするほどに理想的な肉体だった。逞《たくま》しい肉体に惹《ひ》かれるきっかけになった人なのだから当然と云えば当然なのだが、出逢《であ》ったときから二十年近く経《た》ったいまでも無駄《むだ》なく引き締《し》まった体は見事だった。

「俺の顔に何かついているか？」

「な、何でもありません」

怪訝《けげん》な眼差《まなざ》しで見つめられ、視線を逸《そ》らす。

「どうした、他人行儀《たにんぎょうぎ》だな。さっきはあんなに威勢《いせい》がよかったのに」

「……っ、それはあなたが――」

隣《となり》にどさりと腰《こし》を下ろした高岡に声を荒《あら》らげかけたけれど、すぐに思い直して押し黙《だま》る。

とりあえず、高岡を責めてもどうにもならない。拒否《きょひ》はしたが、きっかけを作ったのも、拒《こば》みきれずに流されてしまったのも志季自身だ。

羞恥《しゅうち》と後悔は嵐《あらし》のように渦巻《うずま》いているけれど、不快感があったかと問われたら否《いな》と云うしかない。そして、それは高岡にもバレてしまっている。

一番いいのは、お互《たが》いに大人の対応ですませることだ。一夜限りの過《あやま》ちとして片づける以外、処理の仕方は思いつかなかった。

「申し訳ありませんでした。今日のことはなかったことにして、全部忘れて下さい」

色んな気持ちを押し殺し、殊勝《しゅしょう》に頭を下げる。だが、高岡は志季の申し出を一蹴《いっしゅう》した。

「それは無理だ。せっかく、志季の初めてをもらったのに忘れるなんてできるわけがないだろう」

「はじ……一体何云ってるんですか!?」

まるで恋人気取りの物云いにわなわなと震えながら、怒声《どせい》を上げてしまった。せっかく殊勝に頭を下げて丸く収めようとしたのに、何もかも台なしだ。

「経験なかったんだろう？　初めてのわりに大胆《だいたん》で驚《おどろ》いたけどな」

感情のままに言葉を吐《は》き出したい気持ちをどうにか堪《こら》え、噛《か》んで含《ふく》めるように告げる。

「何度も云ってますが、俺はゲイじゃないですし、誘《さそ》ったつもりもありません！　ま、まあ、結果的にああいうことにはなりましたが、勘違《かんちが》いしないでいただけますか？」

「勘違い？」

「あなたとは寝《ね》るつもりはなかったってことです」

「そうだったのか。だとしても、あんなに感じてたってことはよかったってことだろう？」

真顔で訊《たず》ねられ、真っ赤になる。

「それはあなたのせいでしょう！」

「つまり、俺が上手《うま》かったからゲイでもないのに男に抱《だ》かれて感じたってことか？」

「〜〜〜っ」

身も蓋《ふた》もない云いようだが、実際そのとおりで反論もできず、真っ赤になったまま絶句するしかなかった。

「それにしても、体の相性《あいしょう》がよくて驚いた。お陰《かげ》で途中《とちゅう》から歯止めが利《き》かなかった。初めてなのに、無理させて悪かったたな。体は大丈夫《だいじょうぶ》か？」

「よ、余計なお世話です！」

いまさら謝るくらいなら、初めから手など出さないでもらいたい。お陰で知らなくてもいい感覚を知る羽目になってしまった。

「赤くなっていたから、軟膏《なんこう》を塗《ぬ》っておいたがしばらく痛むかもしれない」

「詳細《しょうさい》に云わないで下さい!!」

目を覚ましたときには志季の体は拭《ふ》き清められ、服を着せられていた。あまり考えないようにしていたけれど、まさかそんなことまでされていたなんて知りたくもなかった。

経験値がゼロに等しくとも、高岡がどこのことを云《い》っているのかくらいはわかる。違和感《いわかん》の残るそこを意識しないよう努めていたのに、わざわざ具合を訊《き》かれるとは思いもしなかった。

(デリカシーがなさすぎる……)

心配しているのは本当なのだろうが、直接口にするようなことではない。それに加え、自分も医師のくせにこの程度のことに動揺《どうよう》しすぎだ。

「もしかして、酷《ひど》く痛むか？　次はもっと気をつける」

「次なんてありません!!」

次と云われ、ざわりと背筋がおののいた。体が期待を覚えたことに、内心動揺する。二度とあんなことをする気はない。

「どうしてだ？　気持ちよかったんだろ？」

「気持ちいいとか悪いとかの問題じゃありません！」

快楽のために気持ちのない行為《こうい》をするなんて間違《まちが》っている。

世の中ではそういう商売が成立しているわけで、自分とは違う考えの人間も多数存在していることは理解できるが、志季自身は好きな人とすべきだと思ってきた。

(……童貞こじらせすぎてるのかな)

これまで誰《だれ》ともセックスできなかったのは、過去のトラウマが原因だ。そのトラウマを乗り越《こ》えられるほどの相手なら、抱き合うことだってできるだろうと信じてきた。

なのに、この様《ざま》だ。理想の体に巧《たく》みな手技。それらの前では志季の信念など脆《もろ》くも崩《くず》れ去ってしまった。

「大体、見ず知らずの人間と寝ること自体おかしいでしょう！　あなたは普段《ふだん》から行きずりの相手と寝てるんですか？」

「志季のことなら十歳の頃《ころ》から知っている」

「そういうのは屁理屈《へりくつ》って云うんですよ！　二十年近く会ってなかったんだから、初対面みたいなものじゃないですか」

「俺は志季だとわかっていたし、ああいう誘いに応じたのは今日が初めてだ」

「だから、誘ったわけじゃないって何度云ったらわかるんですか！」

「ああ、すまない。誘われたと思ってしまったという意味だ」

このことばかりを話の焦点《しょうてん》にしたいわけではない。正確に訂正《ていせい》したい気持ちを堪え、話を続ける。

「……そもそも、ああいうことは好きでもない相手とするようなことじゃないでしょう」

易々《やすやす》と流されて抱かれてしまった自分が云うと矛盾《むじゅん》が生じる気がするけれど、いまは正論で押しきるしかない。

大体、そんなに複雑な事案ではないはずだ。高岡は酔《よ》っ払《ぱら》っていたし、酒の上での失敗の一つとして片づければいいだけだというのに、どうしてこうも話が通じないのだろう。

「俺は好きだ」

「——は？」

「志季のことが好きだ」

不意の告白に呆気《あっけ》に取られる。頭の中で捏《こ》ねくり回していた理屈が全《すべ》て吹《ふ》っ飛び、真《ま》っ新《さら》になる。

「あの、意味がわからないんですけど……」

「お前の恋人《こいびと》になりたい」

「調子のいいこと云わないで下さい！」

つい声が大きくなってしまう。好きだとか嫌《きら》いだとか、それこそそんな簡単に云えるようなことではないはずだ。この状況《じょうきょう》ではどう考えても信じられなかった。

(体の相性がよかったからって、体《てい》のいい解消相手にするつもりか……？)

誰だって、こんな状況で告白されても疑いしか抱《いだ》けないだろう。強引《ごういん》に押しきって関係を持ったあとで好きだと云われても、誠実さに乏《とぼ》しい。

「再会がこんな形になったのは想定外だが、志季さえよければきちんとつき合いたいと思っている」

「俺のどこが好きなんですか？　いくら昔を知ってたって、いまの俺のことなんて何も知らないじゃないですか」

不信感を吐き捨てる。高岡が知っているのは小学生の頃の『志季』であって、いまの『自分』ではない。

「そうだな。それほど知っているわけじゃない。だけど、本質は変わってないだろう？　道で酔い潰《つぶ》れてた男を無視せず介抱《かいほう》するなんて、相変わらずのお人好《ひとよ》しだ」

「そ、それはだから、ウチの前で凍死《とうし》されたりしたら迷惑《めいわく》だと思ったから……」

「いまだって、俺の服を洗濯《せんたく》してくれてるんだろう？　優《やさ》しいところは昔のままだ」

「……っ」

「それに少し前に偶然《ぐうぜん》見かけてから気になってたんだ。ずっとどうしてるだろうって思ってたけど、こんな美人に育ってるなんてな。本当に見違《みちが》えた」

「な…何云って……」

「志季が見合いに失敗して帰ってきたって話も聞いたから、余計なことは考えないようにしてたんだ。結婚《けっこん》する気があるってことは、ストレートなんだと思って」

「ちょっと待って下さい。見合いって何でそのことを!?　ていうか、失敗したわけじゃなくて話をもらったところで断ったんです！」

見合いの件は内々の段階で断ったため、相手方とこちらの身内しか知らない話のはずだ。

「そうだったのか？　この辺じゃ有名な話だが……」

「有名⁉」

「大方、院長先生が診察《しんさつ》中に話したんじゃないか？　お偉《えら》いさんの持ってきた縁談《えんだん》を蹴《け》って、ここを継《つ》ぐために帰ってきてくれるってずっと上機嫌《じょうきげん》だったみたいだな」

「……祖父《じい》ちゃん……」

祖父の口の軽さと隣近所《となりきんじょ》でのプライベートの筒抜《つつぬ》けっぷりに肩《かた》を落とす。アットホームな町内の雰囲気《ふんいき》は好きだが、子供の頃と同じ感覚で噂話《うわさばなし》をされるのは困る。

自分のいないところで、どんな話をされていたのだろうかといまさら不安になった。

「なのに、目を覚ましたら志季が自分の体を撫《な》で回してるから驚いた」

「……っ」

それを云われると肩身が狭《せま》くなる。高岡の云うとおり、驚いて当然だし、自分が同じ立場になったとしたらものすごく動揺するはずだ。

「志季がどういうつもりだったにしろ、チャンスがあることがわかった。すぐには気持ちの整理がつかないだろうが、ゆっくり考えてみて欲しい」

「ゆ、ゆっくり考えろって何を……」

「今夜の再会は運命だったんだと思う。志季をこの手で抱《だ》いて、確信した。俺は志季の恋人になりたいし、俺だけのものにしたい。けど、体だけの関係がいいって云うなら、それでも構わない」

「なっ……」

頭の混乱が収まらない。本当に何がどうなって、こんな展開になってしまったのだろう。

体だけの関係なんて絶対にごめんだ。いくら相性《あいしょう》がよかったと云っても、不誠実なつき合いは志季の主義ではない。

「答えが出たら教えてくれ」

「どうして俺が考える前提になってるんですか！」

反射的に声を荒《あら》らげてしまった自分を反省し、軽い咳払《せきばら》いで声を整えてから改めて告げる。

「答えならもう出てます。あなたとはつき合えないし、体だけの関係になるつもりもありません。とにかくこの件はお終《しま》いです！　雨も止《や》んだし、さっさと帰って下さい‼」

志季は自分の云いたいことを云いきると、無理矢理《むりやり》話を打ち切った。

このまま高岡に話をさせていたら、高岡も自分も何を云い出すかわからない。さりげなく握《にぎ》られていた手を振《ふ》り払《はら》い、玄関《げんかん》を指差した。

「服を着ていないんだが、この姿で帰れということか？」

「い、いま持ってこようと思ってたんです！」

高岡が腰《こし》にタオル一枚のままだということをすっかり忘れていた。

忙《せわ》しなく洗濯乾燥機《せんたくかんそうき》を停止し、中から半乾《はんがわ》きの服を引っ張り出す。まだ微《かす》かに湿《しめ》っているけれど、着ているうちに乾くはずだ。

志季は高岡に熱と湿気《しっけ》の残る服を渡《わた》し、ぐいぐいと背中を押してリビングから閉め出した。

「おい、志季、服くらい着させてくれ」

ドアの向こうから、情けない声が聞こえてくる。

「廊下《ろうか》で着替《きが》えればいいでしょう」

酷《ひど》いことをしている自覚はあった。しかし、着替えているところを視界に入れたくなかったのだ。うっかり見蕩《みと》れでもしたら、都合よく解釈《かいしゃく》されかねない。

「……わかったよ。今日はこれで帰る」

諦《あきら》めた気配を感じて胸《むね》を撫で下ろしかけたけれど、ふと高岡の言葉が気にかかった。

(ちょっと待て。今日『は』って、また来るつもりなのか……?)

告白の返事も告げたし、もう顔を合わせる必要などない。これきりのつもりでいた志季は、よもやの展開に胃が痛くなってきた。

「お前もまた道場に遊びに来い。いまは俺が稽古《けいこ》をつけてるんだ。見学も入門もいつでも歓迎《かんげい》する。じゃあ、また今度な」

「絶対に行きませんし、ウチにも来ないで下さい!」

怒鳴《どな》るように告げた返事と共に、ドアの向こうから玄関が閉まる音が聞こえる。自分の意思表示は果たして高岡に伝わっただろうか。
志季は肩を落とし、深いため息を吐《つ》いたのだった。

2

夜通しの一人反省会は、明け方になっても終わらなかった。眠《ねむ》れないということもあるけれど、問題を先送りするのは志季の主義には合っていないからだ。

ベッドでまんじりともせずに過ごしているのも苦痛で、空が白むのを待ってランニングに出た。走っている間は思考がクリアになる。少しは頭の中が整理できるかもしれないという期待もあった。

「はあ、はあ……」

いつものコースを一周し、スタート地点の遊歩道でスピードを緩《ゆる》める。無意識にペースが上がっていたらしく、タイムは短く、息も普段《ふだん》より上がっていた。

志季は自動販売機《じどうはんばいき》で水を買い、近くのベンチに腰を下ろす。幾分《いくぶん》、混乱は薄《うす》らいだけれど、期待したほどに気持ちの整理はついていなかった。

あんなことになってしまった根本的な原因を詳《つまび》らかにすると共に、今後の対策を立てねばならない。

——お前の恋人《こいびと》になりたい。

高岡にはそう云《い》われた。即座《そくざ》に断ったけれど、考えて返事をしろと云われ、聞き入れてもらえなかった。

（どうして答えの出ているものをわざわざ考えなきゃいけないんだ……！）

どんなに考えたって、導き出される結論は一つしかない。精々《せいぜい》、その伝え方が真《ま》っ直《す》ぐになるか、遠回りになるかの違《ちが》いだけだ。

とっととこの件にケリをつけて、平穏《へいおん》な生活を取り戻《もど》したい。いまのままでは、日常生活さえ気が休まらない気がする。

一番の問題は、ふと気を抜《ぬ》くとあれこれ思い出してしまうことだ。余計なことは考えないようにしているのに、生々しい感覚がなかなか消えてくれない。

重なった肌《はだ》の質感や筋肉の弾力《だんりょく》、耳元で感じる吐息《といき》の熱さ、生まれて初めて知った快感——そんな記憶《きおく》が蘇《よみがえ》ってきては、志季を身悶《みもだ》えさせた。

多分、未知の情報量の多さに、脳の処理が追いついていないのだろう。実際、嫌悪感《けんおかん》もなく快感を得られたことに志季本人も戸惑《とまど》っていた。

高岡の体の誘惑《ゆうわく》に負けたことは否定できない。そういう意味では、志季も『男』だったということかもしれない。

正直云って、また同じようなシチュエーションになって拒《こば》めるかどうか自信がない。

高岡に体だけの関係でもいいと云われたときは、一瞬《いっしゅん》心が揺《ゆ》れた。それほどに志季にとって、悔《くや》しいくらいあの肉体は魅力的《みりょくてき》だった。

（これじゃ、ただの好き者みたいじゃないか……）

新たな感覚を知ることで、新たな自分の一面を知る羽目になったというわけだ。

「――そろそろ帰らないとな」

診療所《しんりようじよ》を開ける準備をしなくてはならない。

整形外科を専門とする地元密着型の診療所は、高齢者《こうれいしや》の溜《た》まり場《ば》だ。九時からの開業だというのに、七時すぎには訪ねてくる患者《かんじや》も少なくない。

近くに高校があるため、部活で怪我《けが》をした生徒なども来るには来るが、ほとんどは常連の患者の顔ばかりだ。見えない顔があると、具合が悪くて寝込《ねこ》んでいるのではないかと心配する始末だ。本末転倒《ほんまつてんとう》な気もするが、元気でいてくれればそれでいい。

「ん？」

時間を確認《かくにん》しようと携帯電話《けいたいでんわ》を取り出すと、メールが数通届いていた。

地元に戻ってきてから、めっきり届くメールの件数は減った。それぞれ時間が合わないこともあり、同期からの誘《さそ》いが少なくなったことが大きな要因だろう。

久々に友人からの便りだろうと思って開いてみたけれど、メールの送り主は予想外な人物だった。麻里亜だった。

「……何でいまさら？」

何度確認してみても、宛名《あてな》のところには『紀村麻里亜』と記されている。登録されたアドレスの表記が表示されるのだから、間違《まちが》いはないだろう。

大学病院を辞《や》めてからのこの半年、彼女からはすっかり音沙汰《おとさた》がなかったというのに、突然《とつぜん》どうしたのだろう。

紀村教授とは昨日、顔を合わせたけれど彼女のことは一切《いっさい》話題には出なかった。教授の身に何かあったのだろうかと不安になり、慌《あわ》ててメールを開いてみる。

相変わらず顔文字や絵文字の溢《あふ》れる文面で、幸いと云うべきか、危機感は伝わってこなかった。「久しぶり」という言葉から始まった回りくどい内容を要約すると「相談したいことがあるから食事に行こう」とのことだった。

志季からの返信が待ちきれなかったのか、重ねて似た内容を送ってきていた。

(どうして俺に相談なんだ……?)

志季と彼女は、師事していた教授を挟《はさ》んだ関係でしかない。知人と云うより、顔見知り程度の間柄《あいだがら》だ。

大学病院を去ったいま、その関係性がさらに薄いものになった自分にわざわざ相談したいこととは何なのだろう。自分はこれにはどう返すべきなのだろうか。

麻里亜からの連絡《れんらく》が途絶《とだ》えていたため、自分への興味はなくなったのだろうと安心していたのだが、一体どういう心境の変化があったのだろうか。

できることならこのまま疎遠《そえん》でいたい。上手《うま》い断り文句がないかと思案する。

冷たいと云われるかもしれないが、志季には彼女の思考回路を理解するのは難しかった。根本的な考え方が違う以上、相談に乗るなんてことは至難の業《わざ》だ。

紀村教授に状況《じようきよう》を確認するという手もあるけれど、やぶ蛇《へび》になる可能性もないわけではない。彼は聡明《そうめい》で思慮《しりよ》深い人物だが、奔放《ほんぽう》な娘《むすめ》には手を焼いている節がある。志季との見合いに積極的だったのは、そんな娘が落ち着いてくれるならという親心が関係していたように思う。

紀村教授に恩義はあるが、彼の下《もと》を離《はな》れたいま誘いに乗る義理はないし、返信はすぐでなくてもいいだろう。そう判断し、携帯電話をポケットにしまいこんだ。

「……とりあえず帰るか」

頭を悩《なや》ませる要因が一つ増えてしまった。志季はため息を一つ吐き、自宅までの道のりを走り出した。

「聡子《さとこ》さん、次の方お願いします」

前の患者のカルテを書き終え、看護師の聡子に声をかける。

「はい、先生。お待たせしました、次の方どうぞー」

とりあえず、あと一人診察《しんさつ》を終えれば今日の診察はお終《しま》いだ。用意されたカルテに目を通すと、前回の診察は一年以上前のことだった。

「……ん？」

患者の名前を確認して、思わず二度見する。見間違いだと思いたかったけれど、確かにそこには『高岡敦史』と書いてあった。

「白衣が似合うな、夏川先生」

「何しに来たんですか⁉」

思わず、心の声が出てしまう。『また今度』とは云っていたけれど、こんな形で訪ねてくるとは思いもしなかった。

だが、志季に会うには患者で来るのが一番確実だ。医師として拒否《きよひ》するわけにはいかないし、容態を訊《き》くために言葉を交《か》わす必要もある。

「診察してもらいに」

「……どこも悪くなさそうに見えますが」

爪先《つまさき》から頭の天辺《てっぺん》まで眺《なが》めてみたけれど、具合が悪そうなところはどこにもなかった。

（むしろ、俺のほうが微妙《びみょう》だっていうか……）

ああいうことに初めて使ったところに違和感《いわかん》が残っている。痛みというほどではないけれど、まだ何か挟まっているような落ち着かなさだ。

（……っ、意識するな！　忘れろ‼）

朝からずっと、気を抜くと昨夜のことばかり思い出してしまいそうになる自分を抑《おさ》え、無理《むり》矢理《やり》違うことを考えていたけれど、もう当人を前にしてはコントロールが利《き》かなかった。

せめて、顔には出ないよう表情筋に力を込める。

「稽古《けいこ》中に足首を捻《ひね》った。酷《ひど》くはないが、念のため診《み》てもらったほうがいいと思ってな」

症状《しょうじょう》を訴《うった》えられている以上、診察をしないわけにはいかない。

「足首ですか。では、診察台に上がっ――」

自分の言葉で昨日のことを思い出してしまう。高岡に抱《だ》かれたのは、まさにこの診察台の上だ。高岡が帰ったあと、スタッフにバレないよう必死に清掃《せいそう》した。

(思い出すな!)

昨日の痕跡《こんせき》は何も残していない。カバーも洗って元の位置に戻しておいたし、何もなかったかのようになっているはずだ。

「診察台に上がればいいのか?」

「え、ええ、捻ったほうの足を見せて下さい」

無理矢理頭の隅《すみ》に追いやっていた記憶に悶々《もんもん》としかけた志季だったが、いまは仕事中だと自分に活を入れる。いまは動揺《どうよう》している場合ではない。

「体は起こしたままでけっこうです。痛めたのはこちら側でよろしいですか?」

「ああ、そうだ」

「では、失礼します」

ジャージの裾《すそ》を膝《ひざ》まで捲《まく》り上げ、患部《かんぶ》である足首を診る。捻ったと云《い》っていたけれど、一見して腫《は》れてはいないようだし、触《ふ》れてみても熱を持ってはいなかった。

(くそ、下腿《かたい》三頭筋も見事だな……)

足首の触診《しょくしん》のついでにふくらはぎにも触れてしまう。このまま撫《な》で回してしまいたいという欲望《よくぼう》に駆《か》られかけたけれど、どうにか自分を律した。

いままで、患者に対して不埒《ふらち》な気持ちになったことなど一度もない。なのに、高岡が相手だと動悸《どうき》がしてくるから不思議だ。

触れている指先が甘く、じわじわと体温が上がってくる。うっかり夢中になってしまいそうになる自分を内心で諌《いさ》め、診察に集中する。

「どんな感じに捻りましたか?」

「足をつくとき、内側にこう捻って痛めた気がする」

「ここを押したとき痛いですか?」

「そうだな、少し痛いような気がするな」

高岡の受け答えに仮病《けびょう》を疑うけれど、痛いと訴えている患者の体に対していい加減な対応はできない。

「……軽く捻っただけでしょう。数日はこちら側の足を使わないように過ごして下さい」

捻挫《ねんざ》とまではいかないが、念のため処置しておくことにした。手早く湿布《しっぷ》を貼《は》り、テーピングで足首を固定する。

「三日ぶんの湿布を出しておきます。数日安静にしていればすぐによくなります。お大事に」

「ありがとう、助かったよ」

処方箋《しょほうせん》を書いてさっさと送り出そうとしたのだが、高岡は靴《くつ》を履《は》いたあとも診察台から立ち上がろうとはしなかった。

「あの、もうお帰りになっていいんですよ？」

「志季、今日はもう終わりだろ？　これからメシ食いに行こう」

「遠慮《えんりょ》します」

間髪《かんはつ》入れずに断ったけれど、高岡も諦《あきら》めてはくれなかった。

「昨日の礼をさせてくれ」

「けっこうです！」

もっとはっきりとした意思表示が必要だと判断し、さらに語気を強める。職場で事を荒立《あらだ》てたくはないのだが、どう云えば諦めてくれるのだろう。

「昔はもっと素直《すなお》だったろ」

「昔といまは違《ちが》います」

高岡の云うように、幼い頃《ころ》はよく懐《なつ》いていたかもしれないが、それも遠い過去の話だ。

彼は憧《あこが》れの人ではあったけれど、それは当時の高岡に対しての気持ちであって、いま目の前にいる男は別物だ。

やはり、憧れは憧れのままにしておくべきだったのだ。期せずして夢が壊《こわ》れることになったけれど、せめて思い出は大事に取っておきたい。

「俺の後輩《こうはい》がやってる美味《うま》い店があるんだ。ご馳走《ちそう》させてくれ」

「俺は行きたくないって云ってるんです！」

「あらあら、行ってきたらいいのに」

「聡子さん……」

味方に背中を撃《う》たれた気分で振《ふ》り返る。聡子は祖父の代から勤めてくれている看護師だ。診《しん》療所《りょうじょ》の仕事だけでなく、子供の頃の志季の面倒《めんどう》も見てくれていた。

両親に不要とされた志季にとって、彼女は母親のようなものだった。祖父と二人の生活になった志季にとっての家庭の味は、彼女の手料理だ。それまで冷凍食品《れいとうしょくひん》や店屋物での食事ばかりだった志季は、当時こんなに美味《おい》しいものがあるのかと驚《おどろ》いたものだ。

遠足のときの弁当を作ってくれたのも、家庭科の宿題を見てくれたのも彼女だ。昔もいまも世話になっているため、大人になったいまもまったく頭が上がらない。

聡子は患者《かんじゃ》以外の女性で、平気で接することのできる女性のうちの一人だ。多分、志季の中では『家族』の括《くく》りに入っているのだろう。

祖父の引退に合わせて退職するつもりだったようだが、志季が戻《もど》ることになり続けてくれることになったのだ。

「だって志季くん、こっちに戻って以来、全然お友達と出かけたりしてないじゃない。診察室と自宅の往復で、食事は外食と店屋物ばっかり。たまには気分転換《てんかん》にお友達と遊びに行ったほうがいいわよ？」

「この人は友達なんかじゃありませんし、ジムとジョギングで外には出ています！」

「でも、誰《だれ》とも話さずに帰ってくるんでしょう？」

「うっ……」

小学校高学年で転校してきて、中学は私立を受験したため、地元には同世代の親しい友人はいない。

そもそも、友人作りのためにジムに通っているわけではないので、毎回黙々《もくもく》とトレーニングをしてくるだけだ。お喋《しゃべ》りに花を咲《さ》かせているご婦人方に交ざるつもりは更々《さらさら》ない。

「もう、患者さんには愛想《あいそ》がいいのに、どうしてお友達がなかなかできないのかしら。憧れのお兄さんと顔を合わせて照れくさい気持ちはわかるけど、せっかくの機会じゃない」

「な、何でそれを……っ」

聡子は高岡のことを覚えていたようだ。どうして、余計なことだけは正確に覚えているのだろうか。

「何でって志季くんがずっとそう云ってたんじゃない。大きくなったら、あのおにーちゃんみたいな大人になるんだって」

「そんな昔のこと忘れて下さい！　あれはただの子供の戯言《たわごと》ですから‼」

真っ赤になって聡子を口止めしようとしたけれど、ころころと笑って返される。

「昔って大袈裟《おおげさ》ねえ。ほんのちょっと前のことじゃないの」

自分にとって、二十年近くも前は大昔に思えるが、当時すでに大人だった聡子にとっては少し前の出来事という感覚のようだ。

「へえ、そんなことを云ってたのか、志季」

「過去のあなたであって、いまのあなたではありません！」

嬉《うれ》しそうな眼差《まなざ》しで見つめてくる高岡に、びしりと釘《くぎ》を刺《さ》す。

「でも、どっちも『俺』だろ？」

「そ、そうかもしれませんけど、違うんです」

自分の中では大きな違いがある。志季にしてみたら、中身は別人と云っても過言ではない。

（やっぱり、記憶《きおく》を美化してたのかもな……）

憧れを詰《つ》め込んだ理想の存在は、所詮《しょせん》理想でしかなかったのだ。だけど、それを当人に説明するのは難しい。勝手なイメージを押しつけられるほうも迷惑《めいわく》だろう。

違う再会の仕方をすれば、ある程度は現実と擂《す》り合わせていくこともできたかもしれないが、やり直すことはできない。

「どう違うんだ？」

「それは――」

聡子の存在を思い出し、口籠《くちご》もった。『人の話を聞かず強引《ごういん》に押し倒《たお》してくるような人じゃなかった』なんて、彼女の前で云えるわけがない。

「また昔みたいに仲よくできるといいわね。ところで、昨日って何かあったの？」

「え⁉」

不意打ちの都合の悪い質問に、思わず声が裏返ってしまう。

「さっき、昨日のお礼とかって云ってたじゃない」

「それはその……っ」

てきとうにごまかせばいいものを、動揺《どうよう》して目を泳がせてしまう。こんな態度では、深く追及《ついきゅう》しろと云っているようなものだ。そんな志季の代わりに高岡が如才《じょさい》なく説明する。

「俺がここの前で酔《よ》い潰《つぶ》れてたところを、志季が拾ってくれたんです。雨が降ってきてたから助かりました」

素直に感謝はしたくないけれど、高岡に助けられることになった。

「それでお礼ってことなのね。志季くん、せっかくだから甘えちゃえばいいのに」

「いや、でもですね」

「心配しなくても、あとは私たちでやっておくから遠慮しないで行ってらっしゃい」

笑顔《えがお》でそう云《い》われて、言葉に詰まってしまった。聡子がよかれと思って云ってくれているのがわかる手前、これ以上固辞するのも難しく、渋々《しぶしぶ》と承諾《しょうだく》した。

「……わかりました」

聡子は志季をまだ小学生の頃と同じように思っているのではないだろうか。このお節介《せっかい》ぶりは友達を作る手伝いのつもりなのだろう。

子供の頃から面倒を見てもらっていた手前、あまり文句も云えない。一度食事に行くくらい、我慢《がまん》するしかなさそうだ。

「それじゃあ、高岡くん。ウチの先生をよろしくね」

「はい。『先生』をお借りしていきます」

「…………」

高岡と聡子の間で話がつくのを横目で見ながらため息を吐《つ》く。

(面倒なことになった……)

こんなことになるなら、診療所を開ける前に話をつけに行くべきだった。いまさら後悔《こうかい》しても遅《おそ》いとわかっていても、もやもやとした気分になってしまう。

「あっ、そういえば志季くん。さっき電話があったわよ。キムラさんって女の人から」

「え?」

聡子の口から出てきた名前に、顔が強張《こわば》ってしまった。おそらく、麻里亜からの電話だったのだろう。志季の知り合いの中では、その名前の女性は彼女以外いない。

昨夜届いていたメールといい、何があったというのだろうか。

「用件は云ってましたか？」

恐《おそ》る恐る訊《たず》ねると、聡子は小さく肩《かた》を竦《すく》めてみせた。

「志季くんの携帯《けいたい》番号を教えてくれって云われたんだけど、許可も取らずに教えるわけにはいかないでしょう？　だから、本人に確認《かくにん》してみないとって云ったら、じゃあいいですって云って切れちゃったわ」

「そうですか……」

聡子の対応にほっと胸を撫《な》で下ろす。彼女からのメールは昼にも何通か届いている。志季の返事がないことに焦《じ》れて電話をかけてきたに違《ちが》いない。

携帯電話の番号が知られたら、それこそひっきりなしにかかってきそうだ。

（本当にどういうつもりなんだ……）

麻里亜にとって、いまの志季には価値がないはずだ。学会帰りの父親から、志季の近況《きんきょう》を聞いたのだとしても、惹《ひ》かれる要素は一つもないだろう。

羽《は》振《ぶ》りのいい個人経営の総合医院ならともかく、夏川医院は診療所という響《ひび》きに相応《ふさわ》しい古めかしさだ。彼女の得になるような付加価値はない。

「紀村ってもしかして、この間のお見合いした教授の娘《むすめ》さん？」

「おそらく紀村教授の娘さんだと思われますが、彼女とはお見合いはしてません。正式なお話をいただく前にお断りしました」

こういう誤解はきちんと解いておかなければ、間違《まちが》った噂話《うわさばなし》が伝わってしまう。人の口に戸は立てられないけれど、せめて訂正《ていせい》はしておきたい。

「細かいことはいいじゃないの。それにしても、わざわざ診療所《しんりょうじょ》にかけてくるなんてよっぽどの用事なのかしらね。何だか素《そ》っ気《け》ない感じだったし、急いでる感じでもなかったけど……」

「大事な用件なら、またかけてきますよ」

自分でそう云いながら、二度目の電話がないことを祈《いの》るばかりだった。


高岡が受けつけで会計をしている間に、志季は自宅で着替《きが》えてきた。とくに気を遣《つか》う相手でもないので、パンツにシャツを合わせ、コートを羽織ってきただけだ。

一緒《いっしょ》に食事に行く相手の格好は上下ジャージだ。釣《つ》り合いを考える必要はない。

「早かったな」

寒そうな様子も見せずに診療所の前で待っていた高岡は、自宅玄関《げんかん》から出てきた志季の姿に表情を緩《ゆる》めた。

「別に待ってなくてもよかったんですけど」

「白衣姿も似合ってるが、私服もいいな」

「普通《ふつう》の格好ですよ」

「すごく可愛《かわい》い」

「……っ、そういう台詞《せりふ》は女性に云って下さい」

「志季を可愛いと思ったから云ったんだ。お世辞や機嫌《きげん》取りのつもりはない」

「そうですか、それはどうも」

照れる必要などないというのに、何故《なぜ》か頬《ほお》が熱くなる。自分の不可解な反応をごまかすために、無理矢理《むりやり》話題を変える。

「で、その店はどこにあるんですか？」

「商店街を抜《ぬ》けたところだ。少し歩くが、大丈夫《だいじょうぶ》か？」

体力を心配され、ムッとなる。高岡に比べればひ弱かもしれないが、人並み程度の体力はあるつもりだ。

「こう見えても毎日走ってますから。むしろ、あなたの足はどうなんですか。痛むからウチに来たんでしょう？」

「志季のしてくれたテーピングで、すごく楽に歩けるようになった。でも、心配してくれて嬉しい」

「し、心配したわけじゃありません！　あ、いや、もちろん医師としては気にかけてはいますけど……」

いまの言葉に語弊《ごへい》があると気づき、慌《あわ》てて云い替《か》える。患者《かんじゃ》の容態を気遣《きづか》っていないと公言するのには問題がある。しかし、それは患者に対しての気遣いであって、高岡個人へのものではないことを承知してもらいたい。

云い訳をすればするほど墓穴《ぼけつ》を掘《ほ》りそうな気がして、さらなる言葉は控《ひか》えることにした。

「とりあえず、行くか。腹減ったろ？」

「別にそんなには……」

目の前の問題に気を揉《も》んでいるせいで、食欲《しょくよく》どころではない。

「しっかり食わないと大きくなれないぞ」

「もう成長期は終わりましたし、それなりに鍛《きた》えてます」

高岡の子供扱《あつか》いにムッとなる。子供の頃《ころ》のイメージが残っているのは仕方ないとは思うが、志季ももう二十八歳だ。医者の不養生と云われるような生活も送っていない。

「そう云われてみれば、この辺の筋肉はしっかりついてた気がするな」

「……ッ、いきなり触《さわ》らないで下さい！」

突然《とつぜん》、背中を撫で上げられ、飛び上がりそうになってしまった。コートの分厚い生地《きじ》越しなのに過剰《かじょう》な反応をしてしまったのは、昨夜の感覚を思い出したせいだ。

背筋を駆《か》け上がる甘い感覚に、腰《こし》の奥の疼《うず》きまでが蘇《よみがえ》りそうになる。

「前置きがあればいいということか？」

「それもダメです！」

言葉の端《はし》を捉《とら》えて揚《あ》げ足《あし》を取ろうとしてくる高岡を睨《ね》めつける。

「そうか。残念だ」

高岡の耳を垂れた犬のような表情に罪悪感が湧《わ》くけれど、そんなことでごまかされるわけにはいかない。小さく咳払《せきばら》いをして気持ちを整える。

「……それで、本当の目的は何なんですか？」

問いかけの声に警戒心《けいかいしん》が滲《にじ》む。

「何の話だ？」

「こんな軽い捻挫《ねんざ》でわざわざ診察《しんさつ》に来た理由があるんでしょう？」

回りくどい腹の探《さぐ》り合いは苦手だ。目的があるのなら、最初から明らかにしてもらいたい。

それに、これは望まぬ状況《じょうきょう》ではあるが、一晩経《た》ったいまは昨夜よりは落ち着いているため、話をつけるにはちょうどいいかもしれない。

「そうだな、一番の理由は志季の顔が見たかったから」

「なっ……」

「心配しなくても、返事の催促《さいそく》に来たわけじゃない」

「返事はもうしたでしょう！」

「志季はいまの俺を知らないだろう？　もっとよく知ってから、返事を考えてくれ」

「そんなの……」

高岡のことをよく知ったところで返事は変わらない。何度訊ねられても、答えは『ノー』だ。多分、そのはずだ。

そもそも、性行為《せいこうい》ができたからと云《い》って、すぐに交際に結びつくものではない。志季は大きく深呼吸し、一晩考え抜いて出した結論を高岡に告げる。

「――あなたとセックスできたってことは、もしかしたら俺はバイなのかもしれません。そのことは否定しません。それに昨日の俺の態度が差別的だったことは反省しています。その点においても謝罪させて下さい」

自らの理想に固執《こしつ》するあまり、他者への気遣いを欠いていたことは確かだ。一人の人間として、医師として、発言にはもっと気を配るべきだった。

「俺に謝ることはない。初めてなら、誰《だれ》だって戸惑《とまど》っても仕方ない」

高岡の物云いに軽く苛立《いらだ》ったけれど、ここでまた憤《いきどお》れば話が進まない。ぐっと耐《た》え、穏《おだ》やかな口調になるよう努める。

「今日は食事につき合いますが、これきりにして下さい。ウチには二度と顔を出さないでいただけますか？」

「そんなこと云われても、怪我《けが》したときはどうしろって云うんだ？　俺のかかりつけは夏川医院だけだ」

「整形外科にかかる必要がある場合は紹介状《しょうかいじょう》を書かせていただきます。近隣《きんりん》に腕《うで》のいい先生がいますから安心して下さい」

「俺は志季に診《み》て欲しい」

「俺は診たくないと云ってるんです！」

医師にも患者を断る権利があるはずだ。そうやって押し問答になったところで携帯電話《けいたいでんわ》がメールの着信を知らせ、お互《たが》いの言葉が止まる。

「…………」

「見ないのか？」

「……ちょっと失礼します」

高岡との押し問答が一区切りついたことにほっとしかけていたけれど、携帯電話の画面に表示されていた名前にまた眉間《みけん》の皺《しわ》を深くする。メールの送り主はまたもや麻里亜だった。これで返事をしていないメールは何通になっただろう。

彼女の名前を見るだけで気分が沈《しず》むのは、抱《だ》きつかれたときの不快感と執拗《しつよう》なアプローチに辟易《へきえき》していたときの気持ちが蘇ってくるからだ。

気は進まなかったけれど、メールを読まないわけにはいかない。渋々《しぶしぶ》と画面に表示させて文面に目を通す。返事がないことへの不満や自らの辛《つら》い状況が綴《つづ》られていた。

曰《いわ》く、父親が自分の教え子との縁談《えんだん》を強引《ごういん》にまとめようとしているらしく、彼女にとってはそれが不本意のようだ。とくに気に入らないのは、相手が年上なことと好みから外れた容姿をしているところだそうだ。

（その男よりは俺のほうがマシだって判断されたのかもな……）

媚《こ》びるような文体が彼女らしくはあったけれど、それも志季の苦手とする一面だ。

相談相手なら、もっと近しい人が相応《ふさわ》しいはずだ。それこそ、同性同士のほうがお互いの事情が察せるのではないだろうか。

少なくとも、志季には彼女の求めるような答えが出せるとは思えない。

はっきりと期待には応《こた》えられない旨《むね》を伝えて事が収まるならいいのだが、麻里亜は欲しい答え以外は耳に入れないタイプだ。

父親である紀村教授曰く、甘やかしすぎて少々ワガママに育ってしまったとのことだが、少々では収まらない振《ふ》る舞《ま》いもある。

さっさとアドレスを変更《へんこう》しておけばよかったと後悔《こうかい》している。音沙汰《おとさた》がなくなっているうちに変えておけば、手落ちで連絡《れんらく》をしそびれたという云い訳も成り立っただろうが、いまそれをやると避《さ》けているのがあからさまになってしまう。

大学病院まで押しかけてきていた彼女の行動力を考えると、無闇《むやみ》なことはやらないほうがいいだろう。

何事も穏便《おんびん》にすませたいが、それが何より難しい。いまはあのパーティの日、教授の娘《むすめ》だからとアドレスの交換《こうかん》を断りきれなかった自分を呪《のろ》うしかない。

「何か問題でもあったのか？」

「いえ、何でもありません」

携帯電話の電源を落としてから、コートのポケットに戻《もど》す。アドレス変更や着信拒否《きょひ》は難しくとも、このくらいの対応なら問題はないはずだ。

「そのわりには厳しい顔だな」

「……っ、これは生まれつきです」

「そんなことはない。いつもはもっと優《やさ》しい表情をしている。困ったことがあるなら相談に乗る。悩《なや》みごとは一人で抱《かか》え込まないほうがいい」

「…………」

その悩みの種の一つが自分自身だという自覚はあるのだろうか。自らの言動を棚《たな》に上げた発言にため息を吐《つ》きたくなる。

「あら、夏川さんのところの若先生じゃない」

「有希枝《ゆきえ》さん」

不意に声をかけてきたのは、この近くにある小料理屋の女将《おかみ》・有希枝だ。買い出しに行っていたのか、腕にはエコバッグが下がっている。

近所の男性陣《じん》にファンが多く、懇親会《こんしんかい》という名の飲み会は彼女の店で開かれることがほとんどだ。有希枝はいつも女性らしい出《い》で立ちをしているけれど、こうして接していても気分が悪くなることはない。

「手首の具合はどうですか？」

先日、手首を痛めて志季のところへ診察にやってきた。祖父の代からの患者《かんじゃ》で、祖父も彼女の店の常連だった。

「お陰様《かげさま》で、もうすっかりよくなったわ。高岡くんも久しぶり。若先生と一緒《いっしょ》なんてどうしたの？」

「メシ食いに行くところだ」

「だったらウチにいらっしゃいよ。サービスするわよ」

「すまない、今日は岩田《いわた》のところに行く予定なんだ」

「あら、残念。若先生もたまには聡子さんと一緒にウチに食べに来てよね。はりきって腕を振るわせるから」

包丁を握《にぎ》っているのは、彼女の夫だ。寡黙《かもく》な人だが、腕は確かでセンスもいい。それなのに、なかなか足が向かないのは、常連客に酒を勧《すす》められるのが苦手だからだ。

そして、そういう場で出される話題は『結婚《けっこん》』だ。まだ身を固めないのか、いい人がいないなら紹介する、などと云われて苦笑いするしかない。

「はい、今度ぜひ」

そう言葉を交《か》わし、有希枝とはその場で別れた。

「有希枝さんと知り合いなんですね」

「旦那《だんな》が同級生なんだ」

「へえ、そうだったんですか」

世間の狭《せま》さに驚《おどろ》いたけれど、高岡にとってもこの辺りは地元だ。行動範囲《はんい》や人間関係が被《かぶ》っていても不思議ではない。昨日まで顔を合わせることがなかったのは、志季が戻ってきたのが半年前だということもあるだろう。

つくづく、もっと違《ちが》う再会の仕方をしたかったと思ってしまう。いまさらどうにもならないことを悔《く》やんでいると、突然《とつぜん》、行く手を遮《さえぎ》られた。

「これからどこ行くんですかあ？」

いきなり志季たちに声をかけてきたのは、若い二人連れの女性だった。

濃《こ》い化粧《けしょう》と派手な服装のせいではっきりしたことはわからないけれど、二十歳《はたち》そこそこの年《とし》頃《ごろ》に見えた。

一人は金色に近い茶色い髪《かみ》、もう一人は焦《こ》げ茶《ちゃ》の髪を緩《ゆる》くカールさせていた。どちらも目元は力強いアイラインとつけまつげで縁取《ふちど》られており、素顔《すがお》がまったく想像できなかった。

今日は指先がかじかむほどの寒さにも拘《かか》わらず、コートの前は留められていない。近寄られると、白いニットで強調された豊満な胸元《むなもと》に威圧《いあつ》される。

（……うっ）

志季が一番苦手とするのは、この脂肪《しぼう》の塊《かたまり》だ。この物体に窒息《ちっそく》させられそうになった体験が蘇《よみがえ》り、息苦しさを覚えてしまう。

「よかったら、私たちと飲みませんか～？」

「え？」

「人数多いほうがご飯は美味《おい》しいじゃないですか」

「あの、この方たちは知り合いなんですか？」

見覚えがないということは患者でもない。初対面の女性たちからの親しげな口調に戸惑《とまど》い、そう高岡に問いかけると彼女たちがふき出した。

「やだぁ、お兄さん天然？」

「可愛《かわい》い～」

笑われた理由がわからず、志季は目を瞬《またた》かせてしまう。

「赤の他人だ。これから食事に行くところだからナンパは遠慮《えんりょ》してくれ」

「！」

高岡の言葉を聞いて初めて、彼女たちにナンパされていたのだとわかった。

（これがナンパなのか……）

初体験のこととは云《い》え、我ながら鈍《にぶ》いにも程《ほど》がある。一人で歩いているときは、この手の誘《さそ》いを受けることはない。

「お食事ならちょうどいいじゃないですか！　いいお店知ってるんですよ」

「ねっ、一緒にご飯行きましょうよ」

「うわ……っ」

明るい髪をしたほうの女性に無理に腕《うで》を組まれ、サァッと血の気が引いた。咄嗟《とっさ》に振り払《はら》おうとしたけれど、意外に力強くて無理矢理《むりやり》引き寄せられてしまった。

高岡にももう一人の女性が腕を絡《から》めてしなだれかかっている。

「馴《な》れ馴れしく触《さわ》るな。店ってお前ら客引きだろ？」

「いまはプライベートだもん」

頬《ほお》を膨《ふく》らませて否定する。『いまは』ということは、高岡の指摘《してき》は当たっているようだ。この辺では客引きは禁止されているため、ナンパに見せかけているのだろう。

とにかく、仕事だろうがプライベートだろうが、彼女たちについていくつもりはない。いまの段階で気分が悪くなっているのに、食事を共に摂《と》るなんて真似《まね》ができるわけがない。

「……あ、あの、離してもらえませんか」

必死に耐《た》えていたけれど、喉《のど》の奥を押し上げるような感覚は酷《ひど》くなる一方だった。

「やだぁ、照れてるの？　やっぱり、お兄さん可愛い～」

さらに胸を押しつけられ、さらに吐《は》き気《け》を催《もよお》す。嫌悪感《けんおかん》どころか恐怖《きょうふ》を覚えていた。

女性相手に失礼かもしれないけれど、意思疎通《いしそつう》のできないエイリアンのように感じてしまう。

思わず助けを求めるような視線を高岡に向けた。

しかし、高岡ももう一人の女性に手を焼いているようだった。迷惑《めいわく》しているとは云っても、女性相手に強行手段に出ることに躊躇《ためら》いがあるのだろう。

「君、彼を離してやってくれないか。困ってるだろう」

「お兄さんも一緒に行くでしょ？　約束してくれたら離してあげてもいいかな」

「その気はない。いい加減、この手を離してもらえないか？」

「ええ～、どうしてもダメなんですかぁ？」

「むしろ、君たちにつき合わなくちゃいけない理由がない」

「そんな冷たいこと云わないで？」

高岡と女性たちのやりとりは嚙《か》み合っていない。そんな様子に苛立《いらだ》ちを覚え、余計に気分が悪くなっていく。

「あたしはお兄さんと二人っきりでもいいよ？」

甘えた声音《こわね》でそんなことを云われても、不快感が増すだけだ。

腕が胸の谷間に埋《う》まっている感触《かんしょく》だけでも這《は》い上がるような嫌悪感を感じているのに、ミニスカートから出ている足まで擦《こす》りつけられ吐き気がピークに達した。

(気持ち悪い)

女性たちから逃《のが》れることができないまま気分の悪さに耐えていたら、突然視界がぐにゃりと歪《ゆが》んだ。視野が狭《せば》まると共に、見ているものがぼやけていく。

「君たちにつき合うつもりは――」

横にいるはずの高岡の声も、何故《なぜ》か遠くに感じる。

(……やばい)

体温が下がっているのに、背中に脂汗《あぶらあせ》が浮《う》いている。指先も小さく震《ふる》え始めていた。

普段《ふだん》は意識しない重力を感じるのは、四肢《しし》に力が入らなくなってきているからだろう。まるで、何かが自分の上に乗っかってきているかのような重さだった。

「離し…て……」

込み上げてくる吐き気に、もうまともに声も出なくなっていた。足の踏《ふ》ん張りも利《き》かず、ぐらりと体が傾《かし》いでしまった。

「おい、志季？　大丈夫《だいじょうぶ》か？」

「きゃっ、何なのよいきなり！」

高岡が志季の様子に気づいて女性を無理矢理引き剝《は》がしてくれたけれど、すでに限界は超《こ》えていた。

「しっかりしろ、真っ青だぞ」

不快感の原因になっていた柔《やわ》らかな感触が離れ、その代わりに硬《かた》く引き締《し》まった体に抱《だ》きかかえられる。ようやく安堵《あんど》できたけれど、手の震えはすぐに止まるものではないし、引いていった血の気も簡単には戻《もど》らない。

「だい…じょう――」

この期《ご》に及《およ》んでまで、高岡に弱みは見せたくないと思ってしまう。強がりを口にしたものの、これ以上は意識を保っていられなかった。

「志季!?」

遥《はる》か遠くから声が聞こえてくるけれど、もう返事をすることはできなかった。


(……俺の部屋……?)

志季はゆっくりと瞬《まばた》きを繰《く》り返す。ふっと目を覚ますと、自分の部屋にいた。

(俺、いつ寝《ね》たんだっけ?)

部屋の薄暗《うすぐら》さから考えて、朝ではないようだ。そもそも、寝過ごしてしまったのなら、聡子が起こしに来ているはずだ。

とりあえず、日付と時間を確認《かくにん》しようと携帯電話《けいたいでんわ》を探す。おもむろに体を起こすと、人の声がした。

「目が覚めたか、志季。具合はどうだ?」

「え……?」

「急に倒《たお》れるから心配した」

「……あ……」

高岡の言葉に状況《じょうきょう》を思い出した。客引きの女性たちに迫《せま》られて気分が悪くなり、その場で倒れてしまったのだ。

自分ではどうすることもできなかったとは云え、情けないにも程がある。いきなり倒れた志季に、高岡もさぞ驚《おどろ》いたに違《ちが》いない。

「目が覚めたみたいね。気分はどう?」

「聡子さん」

まだぼんやりとしている志季の顔を聡子が覗《のぞ》き込んでくる。

「だいぶ顔色がよくなったわね。高岡くんがここまで運んでくれたのよ。志季くんが背負われてるのを見たときはびっくりしたわ」

「えっ」

つまり、高岡は自分を背負って商店街を歩いてきたということだ。意識がなかった以上、誰《だれ》かに運んでもらわなければ自分の部屋のベッドで寝ているわけがない。

医師としては救急車で搬送《はんそう》されるようなことにならずにすんでよかったと云えるが、商店街の人たちには、みっともない姿を晒《さら》してしまったというわけだ。

(患者《かんじゃ》さんたちに医者のくせにって云われそうだな……)

まるで、酔《よ》い潰《つぶ》れて介抱《かいほう》されているかのような有様だったはずだ。

「こんなふうになるのは久々ね。ずいぶん落ち着いたと思ってたのに、疲《つか》れが溜《た》まってたのかしら」

「……そうかもしれません」

聡子が云うように、最近はここまで酷い反応を示すことはなかった。

最悪の事態になる前に回避《かいひ》することができなかったというのもあるけれど、多分、麻里亜からの連絡《れんらく》がトラウマのスイッチを入れる下準備になってしまったのだろう。

名前を見るたびに、彼女からの体当たりのアプローチを思い出してしまい、そのストレスが下地となったように思う。

彼女が教授の部屋で服をはだけてアピールしてきたときは、這々《ほうほう》の体《てい》で逃《に》げ出すしかなかった。あのとき、大学病院を辞するしかないと決意したのをよく覚えている。

「これなら口にできるでしょう？　お腹《なか》に入れたら、お薬飲んで今日はゆっくり休んでね」

聡子はゼリー飲料と水のペットボトル、薬をサイドテーブルに置いてくれる。志季の体調が優《すぐ》れなくなったときのための常備品だ。

「お世話かけます」

「診療所《しんりょうじょ》、明日《あした》はお休みにする？」

「大丈夫です。一晩眠《ねむ》ればよくなると思いますから」

志季は問いかけに首を横に振《ふ》った。この程度の体調不良で診察を休みにして、患者さんに迷惑をかけるわけにはいかない。

「そう？　あんまり無理しないようにね。高岡くん、申し訳ないんだけど、志季くんのことお願いしていいかしら？　今日はちょっと約束が入ってて」

「はい、もちろんです。任せて下さい」

「お客様なのに悪いわね」

高岡を一人残していこうとする聡子に慌《あわ》てて訴《うった》える。

「あの、俺は一人で大丈夫ですから……っ」

「気を遣《つか》うな。俺は構わない」

「いや、そういうわけじゃなくてですね」

「一人でいると嫌《いや》なことばかり思い出しちゃうでしょう？　厚意《こうい》には甘えるものよ。それじゃあ、志季くん。また明日ね」

「さ、聡子さん――」

二人とも志季の主張を聞き入れてはくれなかった。縋《すが》るような眼差《まなざ》しも虚《むな》しく、聡子は志季の部屋を出ていった。

（……この人と二人きりにだけはなりたくなかったのに）

一緒《いっしょ》に食事に行くことにはなっていたけれど、それは外の店だから了承《りょうしょう》したのだ。いまのように完全に二人だけになることは想定していなかった。

「それで、気分のほうはどうだ？」

「だいぶいいです。みっともないところを見せてしまって失礼しました」

志季は深く頭を下げる。高岡には気分が悪くなった理由は知られたくない。体調不良ということでごまかすしかないだろう。

「薬飲んだほうがいいよな。これ、いま飲めるか？」

「ちょっとだけなら」

高岡はゼリー飲料の蓋《ふた》を開けて手渡《てわた》してくれる。口をつけて吸い込むと、グレープフルーツ味の爽《さわ》やかな酸味が喉《のど》を滑《すべ》り落ちていった。

冷たい食感に、胃のむかつきが少しすっきりした。ゼリーを半分ほど胃に入れてから、錠剤《じょうざい》を飲み下す。

聡子が用意してくれたのは、症状《しょうじょう》が出たときにいつも使っている軽い安定剤《あんていざい》だ。

自分の症状が精神的なものから来ていることはわかっているため、対処方法は心得ている。効いてくるまでには少し時間がかかるけれど、安心感から幾分《いくぶん》体が楽になった。

こうして自宅で休んでいられるのは、高岡がわざわざ連れ帰ってくれたからだ。そのことに関しては、もちろん感謝している。

「――あの、すみませんでした」

「何がだ？」

「せっかく食事に誘《さそ》ってくれたのに、俺の面倒《めんどう》を見させてしまって申し訳ありませんでした」

渋々《しぶしぶ》乗った誘いだったけれど、迷惑《めいわく》をかけたことに変わりはない。謝罪はきちんとしておくべきだ。

診療所の前で寝入っていた高岡を運ぶのですらあれだけ大変だったのだ。商店街からここまで志季を運んでくるのは、容易ではなかったはずだ。

「俺も助けてもらったんだから、これでおあいこだ。貸し借りはこれでチャラになるだろ？」

「……ありがとうございます」

ツンケンした態度を取っているぶん、高岡の優《やさ》しさに胸が痛む。彼の行動に下心はなかったのだろう。誰が困っていたとしても、同じように親切にしたに違いない。

「だから、今度はそういうのは抜《ぬ》きでメシに行こう。割《わ》り勘《かん》なら貸しにならないからいいだろう？」

「あなたも懲《こ》りないですね」

真面目《まじめ》な顔で云《い》われ、苦笑《くしょう》してしまう。一体、自分の何がよくて執心《しゅうしん》しているのか、ちっともわからないが、彼が本気なのだということは伝わってきていた。

「諦《あきら》めは悪いほうなんだ。心配するな。次は絶対に俺が守ってやる」

「俺一人なら声をかけられることもないんですけどね。……っていうか、何から守るって云うんですか」

「聡子さんから、少しだけ話を聞いた。お前、小さい頃《ころ》からずっと女がダメなんだってな」

「ち、違います！　苦手なタイプがいるだけです！」

高岡の言葉には語弊《ごへい》がある。その云い方では、まるで世の中の女性全員を敬遠しているように聞こえるではないか。

「そうなのか？」

「そうです！」

思わず声が大きくなってしまった。ムキになって『女性恐怖症《きょうふしょう》説』を否定してしまうのは、ゲイの疑いを持たれたくないからだ。

とくに高岡にはいいように解釈《かいしゃく》されかねないため、そこの誤解は解いておきたい。

（ていうか、聡子さん……）

彼女が気を利《き》かせてくれたことは理解できるが、どうせ話すならもっと詳《くわ》しく説明しておいて欲しかった。

「そういえば、聡子さんや有希枝さんは大丈夫《だいじょうぶ》そうだったな。つまり、さっきみたいな派手な女が苦手だということか？」

「派手というか、露出度《ろしゅつど》が高かったりする方だとちょっと……」

「とくに女っぽいタイプがダメってことか。けど、有希枝さんもけっこう色っぽい人だよな。平気な場合と無理な場合はどう違《ちが》うんだ？」

「ああいうふうに迫《せま》ってこられるとダメみたいです。何ていうかその、性的なニュアンスが少しでもあるとダメみたいで……」

「なるほど、相手に下心があると拒絶《きょぜつ》反応が出るのかもな」

高岡の推察は的を射ていた。志季がとくに苦手とするのは、『女性』として自分に迫ってくる人々だ。

自分でも不思議だが、ただの同僚《どうりょう》やすれ違う通行人に対してはさほど反応が出ることはない。それは患者に対しても同じだった。

「診察はどうしてるんだ。さっきのやつらみたいに、露出の激しいやつだって来るだろう？触《さわ》らないわけにはいかないんじゃないのか？」

「『患者さん』なら全然平気なんです」

「患者に粉かけられることもあるだろう。そういうときはどうしてるんだ」

「診察中はどうにか受け流してます」

秋波を送ってくるような患者もいるが、そのときは性別を意識することなく接することができる。だが、一旦《いったん》職場の外に出ると途端《とたん》に我慢《がまん》ができなくなるのだ。

「つまり、潔癖症《けっぺきしょう》みたいなものか。……もしかして、子供の頃のことが原因か？」

「！」

鋭《するど》い指摘《してき》に息を呑《の》む。

「お前、ちっこい頃、井戸端《いどばた》会議してた主婦に囲まれてびびってたろ。いまも美人だが、あの頃は人形みたいに可愛《かわい》かったからな。太めのおばさんに抱《だ》きしめられて怯《おび》えてたところを俺が助けてやったの覚えてないか？」

「……覚えてます」

覚えているも何も、高岡に憧《あこが》れを抱《いだ》くきっかけになった出来事だ。まさか、それを彼も覚えているとは思ってもみなかった。

自分をもみくちゃにしてくる女性たちから助けてもらったあのあと、志季は数日熱を出して寝込《ねこ》んだ。ストレスから来る知恵熱《ちえねつ》のようなものだろうと祖父は云っていた。

それからしばらくは、志季を弄《いじ》り回した奥様方と同年代の女性教師でさえ苦手になり、日常生活にも支障が出たものだ。

「やっぱり、あれのせいなのか？」

「——はっきりとしたことはわかりませんが、原因の一つだとは思います」

柔《やわ》らかな胸の感触《かんしょく》に拒絶反応が出るのは、そのときの息苦しさを思い出すせいだろう。喉の奥が締《し》まっていくような錯覚《さっかく》を覚える。

「そうか。それじゃあ、ずっと大変だったろう？」

「……っ」

いままで、自分のトラウマを人に話したことがないわけではない。

家族や身近な人たちは受け止めてくれたけれど、学生時代、思いきって相談した養護教諭《きょうゆ》には「そのくらいのことで大袈裟《おおげさ》だ」と笑われた。

だからこそ、労《いたわ》るような高岡の言葉は志季の胸に深く響《ひび》いた。

自分のトラウマと向き合い、きちんとカウンセリングを受けるべきなのかもしれない。だけど、その踏《ふ》ん切《ぎ》りはまだついていない。

(医者として情けないよな……)

自分のトラウマを笑われるかもしれないという不安もあるし、目を逸《そ》らしている性癖《せいへき》と向き合うことになるかもしれない恐怖もあった。

「彼女がいたと云ってたが、どうしてたんだ？」

「どうって……」

高岡はごく私的なことまで訊《き》いてくる。

「何もしないわけにはいかないだろ。その『彼女』は触っても大丈夫だったのか？」

「……いえ、ダメでした」

何とか手は繋《つな》げた。冷や汗《あせ》を掻《か》きながら抱きしめることもクリアした。一瞬《いっしゅん》、触《ふ》れるキスまでは辿《たど》り着いたけれど、その先はどうあってもできなかった。

勃《た》たなかっただけなら云い訳のしようもあったけれど、不意打ちで迫られて嘔吐《おうと》してしまったときは散々罵《ののし》られたものだ。

それ以来、女性との距離《きょり》感《かん》にはそれまで以上に慎重《しんちょう》になった。

いま思えば、学生の頃に女の子とつき合えたのは、お互《たが》いに子供だったからなのだろう。トラウマの原因となった相手は『大人の女性』だ。以前よりもいまのほうがダメージが大きいのは、そのせいなのではないだろうか。

「あ、だからってゲイってわけじゃありませんから！　いまのところ触れ合える女性と出逢《であ》いがないだけで、いつか運命の相手に出逢えるはずです」

そう信じているというよりは、そうなって欲しいという希望だ。出逢いのためにはもっと積極的に外に出るべきだとわかっているけれど、なかなか気が乗らない。

自分に云い訳ばかりしていることは自覚している。もしもを考えると、臆病《おくびょう》になってしまうのだ。まずは一歩を踏み出さなければと思うが、ずるずると日々を過ごしているのが現状だ。

「何なんですか、その顔。何か文句でも？」

高岡の無言の反応が気まずく、逆ギレめいた追及をしてしまう。これでは、ただの八つ当たりだ。

「いや、文句というわけじゃないが、その運命の相手は俺じゃダメなのか？」

高岡は真顔で訊いてくる。

「はい？」

「俺とならセックスできただろ」

「あ、あなたは男じゃないですか……ッ」

「問題なく触れ合えたし、俺に抱かれても気分も悪くならなかっただろう」

「それは――」

自らの前言を考えたら、反論の言葉が出てこなかった。もし本当に自分がバイなのだとしたら、同性も『運命の相手』に含《ふく》まれることになる。

人柄《ひとがら》に好意を持ってつき合い始めた女性相手にさえ拒絶反応を示したというのに、不思議と高岡には拒絶反応も嫌悪感《けんおかん》も湧《わ》かなかった。

そのことを鑑《かんが》みるなら、高岡は有力な候補者だと云える。しかし、体の相性《あいしょう》がよかっただけで恋愛《れんあい》対象と考えるのは何か違う気がする。

昨今の恋愛事情はともかく、いまの日本では同性同士の婚姻《こんいん》は認められていない。『幸せな家庭』を築くことが夢である志季にとって、まず選ぶことのできない選択肢《せんたくし》だ。

「もっとゆっくり考えればいい」

「だから、俺はこれ以上考える気はないですし、もう答えは出てますから！」

日常生活を高岡のことで頭をいっぱいにして過ごすなんて真っ平だ。志季が声を荒《あら》らげると、高岡はさらなる提案を口にした。

「もう一度、抱かれてみるのはどうだ？　二度目ならもっと冷静に判断できるかもしれないだろう」

「絶対に嫌《いや》です。そもそも、どうして俺が抱かれる前提なんですか！」

同性同士のつき合い自体を否定する気はないが、高岡の口振《くちぶ》りでは志季が『女役』に決定している。そのことも引っかかっていた。

「別に俺を抱いてくれても構わないが」

「なっ……」

まさかの返答に虚《きょ》を突《つ》かれたけれど、そういう欲求《よっきゅう》は自分の中には皆無《かいむ》だった。

（そりゃ、この人の体は魅惑的《みわくてき》だけど……）

筋肉を愛《め》でて触りたいという気持ちはあっても、抱きたいわけではない。自分が高岡を抱いているところを想像してみたけれど、ピンと来なかった。

「俺の『体』は好きなんだろう？」

「好きですけど性欲《せいよく》の対象というわけじゃありませんから！」

云ってから、ここまで正直に告げなくてもよかったのではと気づいて恥《は》ずかしくなる。

「そうなのか。それは残念だ」

「わざとらしいため息はやめて下さい。俺は何を云われても懐柔《かいじゅう》されるつもりはありませんから！」

しつこく押せば、志季の気持ちに変化が出てくるとでも思ったのだろうか。呆《あき》れた眼差《まなざ》しを向ける。友人ならともかく、恋人《こいびと》は絶対に無理だ。

「でも、俺といるのにも少し慣れてきただろう？」

「それは——高岡さんが強引《ごういん》だから、慣れざるを得ないだけです」

歓迎《かんげい》はしていないが、何故《なぜ》か彼の強引さは憎《にく》めない。つい『仕方がない』と受け入れてしまうのだ。

「その呼び方、よそよそしいな。昔みたいに〝敦史にーちゃん〟って呼んでくれないのか？」

「よ、呼ぶわけないじゃないですか！」

無邪気《むじゃき》に懐《なつ》いていた頃《ころ》の話を持ち出されるだけで恥ずかしいのに、わざわざ当時の記憶《きおく》が蘇《よみがえ》るような呼び名を口にする気はない。

反射的に志季が声を荒らげると、高岡が口元を綻《ほころ》ばせた。

「ずいぶん、元気が出てきたな」

「余計なお世話です！」

「大きな声が出せるなら安心だ」

「！」

もしかして、わざとからかうようなことを云ってきたのだろうか。もしそうなら、志季は高岡の手に易々《やすやす》と引っかかったことになる。志季は単純すぎる自分に歯嚙《はが》みした。

「今日はゆっくり休むといい。一人が心細いなら、一晩ついててやろうか？」

「子供じゃないんだからけっこうです。とっとと帰って下さい。そんなでかい図体《ずうたい》に居座られたんじゃ落ち着いて寝《ね》ていられません」

ムキになってしまうのは、図星を指されたせいかもしれない。いくら歳を重ねても、体調が悪いときはどうにも心細くなってしまう。

「俺の背中にいたときは、子供みたいにしがみついてきてたくせに」

「そ、それは意識がなかったからで……」

「無意識に甘えてもらえたなんて光栄だな」

「別に甘えたわけじゃありません！　落ちないように摑《つか》まってただけです！　あ、いや、多分、ですけど……」

志季には気を失ってからの状況《じょうきょう》がわからない。推察するしかない以上、あやふやな主張になってしまう。

（ていうか、云い訳する必要なんてなかったんじゃないか？）

どうしてか、高岡の前では感情のコントロールが利《き》かない。いい歳をして大人げない態度を取ってしまう。まるで、思春期の頃に戻《もど》ったかのようだ。

「無理するなよ」

「わっ……」

まるで子供のときのように頭を撫《な》でられる。懐かしい手の平の感触《かんしょく》に胸が熱くなり、思わず黙《だま》り込んでしまった。

（……何だ、これ）

じわじわと顔が熱くなっていくだけでなく、心臓も不整脈を刻み出す。バクバクと落ち着きのない鼓動《こどう》の音が、志季をさらに狼狽《うろた》えさせた。

「だ、だから、子供扱《あつか》いしないで下さいっ」

「すまない。何だか昔を思い出して、つい」

そう云う高岡の眼差しは昔どおりの穏《おだ》やかなものだった。見守るような視線に、ぎゅうっと胸が締《し》めつけられる。

（何で胸が苦しいんだ？）

焦燥感《しょうそうかん》に似た落ち着かなさに視線が泳ぐ。云いようのない感情に襲《おそ》われ、志季はこの場から無性に逃《に》げ出したくなった。

ぴりりり、とどこからか無機質な電子音が聞こえてきた。志季はこの音を前にも聞いたことがある。

「俺の携帯《けいたい》だ。気にするな」

高岡は携帯電話を取り出してちらっと見たあと、すぐにポケットにしまい直す。その行動を不思議に思い、問いかける。

「出ないんですか？」

「正直、出たくない」

高岡は、まるで予防注射から逃げている子供のような顔をしている。それほどに面倒《めんどう》な相手なのだろうか。

「借金取りにでも追われてるんですか？」

「ただの悪友だ。借金はしてないが、そのくらいしつこいやつだ」

「類友《るいとも》なんじゃないですか？」

「……それは否定しておきたいところだな」

高岡の携帯電話はいつまで経《た》っても鳴り止《や》まない。高岡はあまり気乗りのしない様子で立ち上がり、廊下《ろうか》へと出ていった。

トーンを落としてはいるけれど、受け答えしている高岡の声は聞こえてくる。建物自体が古いため、音が伝わりやすいのだ。

できるだけ耳に入れないように意識を逸《そ》らそうとしたけれど、会話の中に出てきた名前にドキリとした。

「しつこいぞ、浩美」

(──浩美?)

高岡が口にした名前に引っかかったのは、先日高岡の携帯電話に表示されていた名だからだ。

高岡の口調から察するに、気の置けない相手なのだろう。

「用もないのにかけてくるなと云《い》ってるだろ。……それは用とは云わない」

珍《めずら》しく困っている様子に、思わず耳を欹《そばだ》ててしまった。行儀《ぎょうぎ》が悪いとわかっていても、意識がそちらに向いてしまう。

「いまから? 来なくていい。ダメだ、勝手にも入るな。お前に道場の鍵《かぎ》の場所なんて教えるんじゃなかった……」

電話の向こうと押し問答になっているようだ。そのやけに親しげな様子にもやもやとした気持ちになる。

名前の響《ひび》きからして女性なのだろうと思うが、彼とはどんな間柄《あいだがら》なのだろう。

正式な彼女だったなら、志季を口説くような真似《まね》はしないはずだ。図々しい性格をしていると云っても、二股《ふたまた》をかけるような不誠実な男だとは思えない。

自分を口説いておいて、親しい女性がいるのかと思うとあまり気分はよくなかった。

（……ちょっと待て。何考えてるんだ、俺は）

そんな自分の思考に疑問符《ぎもんふ》が浮《う》かぶ。

どうして不愉快《ふゆかい》さを感じなければならないのか理解できない。これでは、まるで嫉妬《しっと》しているかのようではないか。

嫉妬なんてあり得ない。高岡に対して抱《いだ》いていた憧《あこが》れの気持ちは過去のものだ。いまは特別な感情など、これっぽっちも抱いていない。

高岡は電話を終え、苦虫《にがむし》を噛み潰《つぶ》したような顔で廊下から戻ってくる。

「すまない、行かないとならなくなった。今日はゆっくり休んでくれ。メシはまた今度な」

「……はい」

一度は承諾《しょうだく》してしまったのだから、一回はつき合う義理があるだろう。

「鍵を借りていいか？　施錠《せじょう》したら新聞受けに落としておく」

「あ、はい。お手数おかけします」

コートのポケットに入っていることを伝え、鍵を高岡に預けた。気に食わないところはあるけれど、信用はしている。

「寂《さび》しくなったら連絡《れんらく》しろ。すぐに飛んできてやる」

高岡は机の上のメモ帳に電話番号を書きつけ、志季に差し出しながら云った。

「子供扱いしないで下さい」

ムッとして見上げると、高岡は小さく笑った。

「おやすみ、志季」

「……っ」

再び頭を撫でられ、息を呑《の》む。高岡は大きな体のくせに静かな身のこなしで志季の部屋から出ていく。

(……胸が苦しい)

この泣きたいような切ないような気持ちは何なのだろう。医師の自分にも原因はよくわからなかった。

「——寝よう」

一晩眠《ねむ》れば、こんな気分は消し飛んでいるはずだ。不貞寝《ふてね》するように布団《ふとん》を被《かぶ》り、体を丸める。やがて、安定剤《あんていざい》が効いてきたのか、志季は眠りに落ちていった。

3

あれから、高岡は毎日のように通ってきている。ただし、患者《かんじゃ》としてではなく、完全にただの来客だ。診療所《しんりょうじょ》の昼休みを狙《ねら》って、自宅のほうに訪ねてくるのだ。外に出かけるのを億劫《おっくう》がる志季を見越《みこ》してか、いつも何かしらの手土産《てみやげ》を持参してくるせいで追い返しにくい。

(聡子さんが招き入れちゃうのが一番の原因なんだけど……)

午前に受けつけた患者の診察を終えてから、少し遅《おそ》めの昼休みに入る。聡子はすぐ近くの自宅に帰って昼食をすませ、夕食の下ごしらえをして診療所へと戻《もど》ってくるのが常だ。

高岡は聡子と入れ替《か》わるようにして、志季の自宅へ上がり込んでくるのだ。

土産がコロッケやメンチカツ、魚の煮《に》つけなどの惣菜《そうざい》ばかりなのは、昼食を共に摂《と》る目的だからだろう。

商店街の端《はし》にある惣菜店で買ってきているようなのだが、どれも家庭的な味で箸《はし》が進む。その辺りまで足を延ばしたことがなかったため、高岡に教えられるまで知らなかった。

そこはリーズナブルな弁当も取り扱っているようなので、今度利用してみるつもりだ。

これまで、昼食は診療所で買ってきた弁当を食べるのが常だったけれど、高岡が来るようになってからは住まいのほうのダイニングで向き合って食べるのが日常となってしまった。

気がつけば、そんな日々は一週間ほど続いている。

(食べ物を無駄《むだ》にするわけにはいかないし、食べるだけってわけにもいかないし……)

一方的な借りにならないよう、昼に炊《た》きあがるように朝炊飯器《すいはんき》をセットするのが習慣になってしまった。

聡子からの差し入れや近所の人たちからのお裾分《すそわ》けも並べると、かなり立派な食卓《しょくたく》になる。

食に関しては、周囲の人間に世話になりっぱなしだ。男の一人暮らしということもあって、皆《みな》同情的なのだろう。

「おかわりもらっていいか?」

「お好きにどうぞ」

高岡はご飯を茶碗《ちゃわん》に山盛りにして食卓に戻ってくる。高岡は志季の倍は食べる。体を動かすことが仕事のため、根本的に代謝が違《ちが》うのだろう。

「ご馳走《ちそう》さまでした」

「志季はもう食べないのか?」

「食べすぎて、午後の診療に差し障《さわ》っても困りますから。——というか、毎日毎日、あなたは暇《ひま》なんですか?」

このダイニングに高岡がいる光景にも慣れてしまったけれど、決して受け入れたわけではない。やむなく妥協《だきょう》しているだけだ。

「心配してくれるのか？　安心しろ、朝から稽古《けいこ》はつけてるし、ここへは昼休みに顔を出しているだけだ。午後も仕事に行ってる」

「仕事って、あなたは道場の師範《しはん》でしょう？」

「出身大学の空手部のコーチをしている。どちらかと云えば、それが本業だ。道場は代理で責任者をやっているだけだ」

大学でコーチをしているというのは、新たに知る情報だ。

高岡は大学時代の大会で全国優勝を果たしたほどの腕前《うでまえ》だということは知っている。

「もう試合とかには出てないんですか？」

「怪我《けが》して現役《げんえき》を退いたあとは、指導者として献身《けんしん》してるよ」

ちなみに、現役の頃《ころ》はよく綺麗《きれい》な女性と歩いていたそうだが、この数年は恋人《こいびと》の影《かげ》はないようだ。近所のお節介焼《せっかいや》きな主婦たちが年頃の女性を紹介《しょうかい》しているらしいのだが、結婚《けっこん》にはあまり前向きではないという。

これらの情報の出所は全《すべ》て聡子だ。看護師兼《けん》地元の主婦の情報網《じょうほうもう》にはいつも舌を巻く。

「そういえば、道場はお祖父《じい》さんがやってましたよね？　いまはどうなさってるんですか？」

「祖父さんは金婚式《きんこんしき》の祝いで、祖母《ばあ》さんと半年ほどの船旅に出ている。俺はその間の留守を預かってるだけだ」

「へえ、ご夫婦《ふうふ》で旅行ですか。それは素敵《すてき》ですね」

年齢《ねんれい》を重ねても、仲睦《なかむつ》まじい夫婦には羨望《せんぼう》さえ覚える。夢物語のように感じてしまうのは、自分の両親がぎすぎすしているところしか見たことがなかったからだろう。

「院長先生も療養に行ってるって聞いてるが、まだ帰ってこないのか？」

「もうしばらくのんびりしてくるそうです。いまいる療養先を気に入ったみたいで。昨日もハガキが届いていました」

食卓の端に置いていた絵ハガキを見せると、高岡は小さく笑った。

「先生らしいな。行き先はどこなんだ？」

「あちこち行ってるみたいですが、いまは九州の温泉地にいるみたいですね。その前は東北のほうの土産が届いてました」

寒くなる前に衣替《ころもが》えと称《しょう》して着替えを取りに来たその足で、また旅立っていった。この半年で祖父の顔を直《じか》に見たのは数えるほどだ。

少しはゆっくりしていけばいいのにと思うけれど、何十年ぶりの休暇《きゅうか》が楽しくて仕方ないのだろう。

「温泉巡《めぐ》りか。羨《うらや》ましい限りだな」

「本当ですよ。一週間とは云《い》わないので、一泊《いっぱく》くらいしたいですね」

温泉なんて、もう何年も入っていない。それこそ大学のゼミ旅行で泊《と》まった宿の湯に浸《つ》かったきりだ。

「なら、今度の休みに行くか？　車なら出すぞ」

「何であなたと一緒《いっしょ》に行かなきゃいけないんですか」

どうしてそこで同行するという話になるのだろう。親しい友人同士ならともかく、共に旅行するほどの仲ではない。

「温泉に行きたいという話を俺としてるからじゃないか？」

疑問符《ぎもんふ》をつけられても困る。

「あなたと行くくらいなら一人で行きます」

「そんなこと云ってると一生出歩かないような気がするがな」

「そんなことありません。人を引きこもりみたいに云わないで下さい」

お世辞にもアクティブな性格をしているとは云えないけれど、一人で旅行するくらいはできる。いい加減、子供扱《あつか》いはやめてもらいたい。

「一人より二人のほうが楽しいぞ」

「あなたと一緒じゃ気が休まりません」

「心配性《しんぱいしょう》だな。別に取って食おうなんて思ってないから安心しろ」

「信用できません」

据《す》え膳《ぜん》だと思い込んで志季を強引《ごういん》に抱《だ》いたことをもう忘れたのだろうか。

誤解される行動を取った自分が悪かったと思っているため、あの件で責めるつもりはないけれど、勘違《かんちが》いされる危険は冒《おか》したくない。

「俺の体が好きなんだろ？　一緒に温泉に入れば見放題だぞ」

「……ッ、何なんですか、その誘《さそ》い文句は！」

思わず想像しそうになってしまい、頭の中のイメージを必死に散らす。

しかし、高岡は普段《ふだん》から薄着《うすぎ》で、服の上からでも筋肉の逞《たくま》しさは見て取れる。そのせいもあり、一度目にした裸体《らたい》を想像するのは容易だった。

「使える武器は出し惜《お》しみしないほうなんだ」

「ひ、人をからかうのはやめて下さい」

「からかってるわけじゃない。誘惑《ゆうわく》してるんだ。何なら、いま見るか？」

高岡はそう云って、シャツの裾《すそ》をべろりと捲《まく》り上げた。

「ちょっ……！」

腹直筋に外腹斜筋、そして大胸筋の一部が露《あら》わになる。そんな手に乗るまいと顔を背《そむ》けようとしたけれど、魅惑的《みわくてき》な造形美に目が行ってしまう。

思わず凝視《ぎょうし》してしまう志季の反応に、高岡はさらに大盤振《おおばんぶ》る舞《ま》いをしようとする。

「もっと見るか？」

「服を下ろして下さい！　破廉恥《はれんち》な真似《まね》をするようなら叩《たた》き出しますよ!?」

どちらがより破廉恥かと云えば、半裸を見てムラムラしてしまう志季のほうだ。いま触《さわ》りたい衝動《しょうどう》に駆《か》られていることは知られるわけにはいかない。

「本当にいいのか？」

「いいから早く！」

顔がかなり熱くなっていることを考えると、真っ赤になっているに違いない。

「そうだ、違う部屋ならどうだ？　それなら心配ないだろう」

「しつこいですよ。だから、一緒に行くなんて誰《だれ》も云ってないでしょう」

「つれないな、志季は」

「無駄な期待はしないで下さい」

懐柔《かいじゅう》しようとしても無駄だ。高岡の告白に対しては、もうすでに何度も断りを入れている。

それなのに、未《いま》だに諦《あきら》めようとしない。

(……まあ、悪い人ではないんだけど)

自分の気まずさもあって、大袈裟《おおげさ》に身構えるようになってしまったけれど、根は悪人ではないし、むしろお節介焼きのほうだ。

些《いささ》かデリカシーが足りず、強引なところが志季からしたら目に余るということなのだろう。

適度な距離《きょり》を保てるなら、そういった弊害《へいがい》もないだろうと思うのだが、高岡は積極的に志季のテリトリーを侵害《しんがい》してくる。だから、つい苛立《いらだ》ちを覚えてしまうのだ。

「俺の顔に何かついてますか？」

考えごとをしながらデザートのりんごを口に運んでいたら、高岡が穏《おだ》やかな眼差《まなざ》しで志季を見つめていることに気がついた。

メンチカツのソースでもついていただろうかと口元を手で拭《ぬぐ》う。

「ずいぶん普通に話してくれるようになったなと思って」

「……ッ」

云われたとおり、高岡と和《なご》やかに会話していた自分に気づき、一人気まずくなる。

「食べ終わったならとっとと帰って下さい。俺は仕事があるんですから」

居たたまれなさをごまかすために、ついツンケンした態度を取ってしまう自分にうんざりする。この子供じみた反応も、志季にとっては後悔《こうかい》の対象だ。

あと二年と経《た》たずに三十歳になる男としては大人げないの一言に尽《つ》きる。

「仕事って？　休憩《きゅうけい》時間を切り上げるくらい急ぎのものなのか？」

「い、急ぎってわけじゃないですけど、空いた時間にやっておいたほうがあとあと楽になりますし……」

聡子の細やかなフォローのお陰《かげ》で、敢《あ》えて急がなければならないような仕事はないため、想定外の追及《ついきゅう》に目が泳いでしまった。

「なら、もう少しのんびりしてもいいじゃないか？　あ、お茶淹《い》れたら志季も飲むよな」

「あなたは人の家でのんびりしすぎなんですよ！」

「お茶飲まないのか？」

「飲みますけど……」

高岡はまるで自分の家のように寛《くつろ》いでいる。キッチンに立ち、勝手にお湯を沸《わ》かし始める。急須《きゅうす》や茶葉の場所もすっかり覚えてしまっているようだ。

（……まったく）

高岡のマイペースさには、何故《なぜ》か怒《おこ》りきれない。怒《いか》りよりも先に呆《あき》れが来るせいだろうか。

ため息を吐《つ》きかけたそのとき、食卓《しょくたく》に置いておいた携帯電話《けいたいでんわ》が震《ふる》えた。

「……ッ」

思わずびくりとしてしまったのは、このところ歓迎《かんげい》できないメールが多いせいだ。ちらりと覗《のぞ》いた画面には、予想どおりの名前が表示されていた。

「またメールか？」

「そう、みたいです」

動揺《どうよう》を悟《さと》られまいと、強張《こわば》っていた顔を取り繕《つくろ》う。高岡がすぐにコンロのほうを向いてくれて助かった。

「お前の友達はみんなマメなんだな」

「え？」

「しょっちゅう鳴ってるだろ。お前のに比べたら、俺の携帯は大人しいもんだぞ」

「――――」

高岡と共にいるときに着信が多いのは、それだけ頻繁《ひんぱん》にメールが届いているからだ。

彼女からのメールは、あれから数え切れないほど届いている。その内容から、彼女の状況《じょうきょう》が見えてきていた。

どうやら、志季が大学病院を辞《や》めたあと、父親である教授が次の見合い相手をあてがおうとしたらしい。しかし、父親の選ぶ男性たちが好みに合わなかったようで、改めて志季のことを思い出したということのようだ。

(いっそ、忘れたままでいてくれればよかったのに……)

『いまなら戻《もど》れる』とか『自分が取りなす』などといったことを書いているため、父親の下《もと》、大学病院で働く結婚《けっこん》相手が欲しいのだろう。

知り合った当初は純粋《じゅんすい》に好意を抱《いだ》いてくれているのかと思っていたけれど、彼女にとって価値があるのは志季の顔と父親の部下であるという立場でしかなかった。

彼女から逃《に》げるように病院を去ったときは幾何《いくばく》かの罪悪感もあったけれど、いまとなっては逃げておいてよかったとほっとしている。

「大丈夫《だいじょうぶ》か?」

「え?」

「悩《なや》みごとがあるって顔をしてる。この間からどうしたんだ？」

「ど、どうもしませんけど」

「嘘《うそ》つけ。いまだって酷《ひど》い顔色をしてる。もしかして、しょっちゅう来てるそのメールが原因なんじゃないのか？」

「あ、いや、それは……」

いきなり図星を指され、あからさまに狼狽《うろた》えてしまった。こんな態度を見せたら、肯定《こうてい》しているも同然だ。

「愚痴《ぐち》を聞くくらいなら俺にだってできる。話をすれば少しは気が軽くなるんじゃないか？」

「…………」

気は軽くなるかもしれないが、根本的な解決には至らない。

「迷惑《めいわく》メールの類《たぐい》か？」

「そういうわけじゃ……」

迷惑メールと云《い》えなくもないが、一言では説明が難しい。

麻里亜からは何度か診療所《しんりょうじょ》のほうに電話が来たけれど、聡子には不在だと伝えるよう頼《たの》んでいる。志季への取り次ぎがされないためかメール攻勢《こうせい》のほうが激しくなっているのだ。

そもそも、困っているのは志季の個人的な事情だ。麻里亜自身には、打算はあっても悪意があるわけではない。

（だからこそ、対応に困ってるんだけど……）

悪気のない迷惑行為《こうい》ほど厄介《やっかい》なものはない。彼女の行為を止めようと事を荒立《あらだ》てれば、こちらの分が悪くなりかねない。

メールの場合、文面が残ってしまったりキツい印象を与《あた》えかねないことも考えると、返信はやんわりとした断り文句になってしまうのだ。

そもそも、高岡には無関係のことだ。わざわざ耳に入れるようなことでもない。志季が口籠《くちご》もっていたら、お茶を運んできた高岡にひょいと携帯を奪《うば》われた。

「見せてみろ」

「え？　あっ、ちょっ」

慌《あわ》てて立ち上がって取り返そうとしたけれど、高岡の身長で手を上げられてしまうと届きようがない。

「返して下さい……っ」

背伸《せの》びをして手を伸ばすけれど、指先すら掠《かす》らない。

「転んだら危ないぞ」

「うひゃっ」

腰《こし》を抱《だ》き寄せられ、べしゃりと高岡の胸に顔がぶつかる。その胸板《むないた》の硬《かた》さを感じた瞬間《しゅんかん》、ぶわっと体温が上がった。

爪先《つまさき》や指先から頭の天辺《てっぺん》まで、ぞくぞくと甘い痺《しび》れに支配される。とくに腰の奥の疼《うず》きが顕《けん》著《ちょ》だ。その上、自身が少しだけ嵩《かさ》を増してしまった。

(何で勃《た》ってんだよ……！)

体の変化に気づかれないよう、慌てて腰を引く。

「は、放して下さい」

「だったら、自分から白状しろ」

「……っ」

顔をぐいと近づけられ、咄嗟《とっさ》に高岡を突《つ》き飛ばした。いま、志季は耳まで真っ赤になっていることだろう。バクバクとうるさく鳴り響《ひび》く心臓はすぐには治まりそうになかった。

志季が自分のことで手《て》一杯《いっぱい》になっているうちに、高岡に携帯電話の画面を見られてしまった。

「——何だこれは」

開いていた画面を目にした高岡は、眉間《みけん》に深い皺《しわ》を刻んだ。時間を空けず、何十通も届いているため、上から下まで同じ名前が続いている。

基本的に、志季は友人とはあまり携帯電話でのメールのやりとりがない。連絡《れんらく》を取り合うときは、パソコンで行うほうが多い。そのため、麻里亜からのもので埋《う》まってしまっているのだ。

「あの、それはなかなか返事を送れずにいたら溜《た》まっちゃって……」

焦《あせ》るあまり、云い訳にならない云い訳を口にしてしまう。

冷静に考えれば、返事をしようがしまいが受信ボックスに溜まるメールの数とは関係がない。むしろ、頻繁なやりとりをしているほうが理由になる。

「溜まるという量じゃないだろう、これは。俺の前で取り繕わなくていい。その様子からして、快くは思っていないんだろう?」

「…………」

「例の見合い相手とかいうやつか?」

「!」

普段《ふだん》はわざとこっちの言葉を聞き流すような素振《そぶ》りを見せたりするくせに、こういうときは観察眼が鋭《するど》くて嫌《いや》になる。

「当たりか。そんな不思議そうな顔をするな。この間、診療所に電話が来たとか云ってたから、もしかしてと思っただけだ。名前もちらっと聞こえたしな」

「あなたの云うとおり、先日電話をもらった相手です。訂正《ていせい》しますが、彼女との見合いの話はいただきましたが、見合い自体はしていません。大学病院に勤めていたときにお世話になっていた教授の娘《むすめ》さんだというだけです」

志季にとっては、それ以上でもそれ以下でもない。ただ、紀村教授への恩義を考えると、強行手段には出られないのだ。

「でも、向こうはそう思ってないんだろ? この様子じゃ、大学病院にいたときも迫《せま》られてたんじゃないか？」

「！」

志季が息を詰《つ》めると、高岡は小さく嘆息《たんそく》した。

「やっぱりな。大方、モーションかけて落ちないから、父親の威光《いこう》を使おうとして見合いってことになったんじゃないのか？」

「何でそこまでわかるんですか」

まるで探偵《たんてい》のように当てていく高岡に眉《まゆ》を顰《ひそ》める。

「お前の顔に書いてあることと、年齢《ねんれい》なりの経験を照らし合わせてみただけだ。その反応からすると、いまの推測も当たってるってことだな」

「……ッ」

そんなに自分は顔に出やすいタイプなのだろうか。これまで、ポーカーフェイスのつもりだった場面で本心を見抜《みぬ》かれていたかと思うと恥《は》ずかしくて堪《たま》らない。

「それで、困ってるのはメールだけか？」

「いまのところはそうです。携帯《けいたい》の番号は教えてませんし、職場への電話はかかってこなくなったので……」

いまさら隠《かく》し立てしても仕方ないと諦《あきら》め、状況を話す。

「電話も度々《たびたび》かかってきてたのか。アドレスを変えるわけにはいかないのか？」

麻里亜からの連絡が再び来るようになる前に変更《へんこう》しておくべきだったが、後悔《こうかい》先に立たずだ。

「連絡が一切《いっさい》つかなくなると、直接ウチに来そうで怖《こわ》いんです」

はっきり云《い》って、麻里亜はかなりの行動派だ。大学病院に勤めているときは、毎日のように押しかけてきていた。

当時も迷惑していたけれど、娘の行動を温かく見守っている教授がいる以上、不満は一切口にできなかった。

志季につきまとう前は、勉強のために海外へと渡《わた》っていった外科医に執心《しゅうしん》していたらしく、彼の留学は彼女から逃《に》げるためだったのではと噂《うわさ》されていた。

新たなターゲットとして、同情の眼差《まなざ》しを向けられつつも、誰《だれ》も志季をフォローしようとはしてくれなかった。多分、火に油を注ぐことになると皆《みな》わかっていたからだろう。

「厄介だな。そういうタイプは下手《へた》をするとストーカーになりかねないんじゃないのか？」

「そ、そうでしょうか……」

そこまでの心配はしていなかったけれど、人に云われると途端《とたん》に不安になってくる。

（でも、前のときもある意味ストーカーじみてたもんな……）

こちらの話を聞いてもらえずに、好意を押しつけてこられるのは、かなりのストレスだった。

いまも高岡が似たようなことをしているけれど、あのときのような胃痛は感じない。

都合の悪いときは話を聞いていないふりをすることもあるけれど、高岡は志季が本気で嫌がることはしないし、差し入れだって志季の好みが考慮《こうりょ》されている。意外と価値観は近いせいかそれなりに会話も続くし、何より志季を知ろうとしているのがわかる。

だけど、麻里亜は志季自身には興味がないようだった。会話もまったく嚙《か》み合わなかったし、こちらに求めているのは肯定《こうてい》の相づちだけ。

以前差し入れされた惣菜《そうざい》を詰め直しただけの弁当は、彼女自身のための演出だったのだろう。彼女の行動は何もかも彼女のためのものだった。

「父親の威光を笠《かさ》に着ているなら、その教授だっていう父親から注意してもらえないのか？」

「さすがにそこまでは……。いまのところはメールだけですし」

麻里亜のことはどうにかしたいけれど、恩師である紀村教授の気を揉《も》ませるのは本意ではない。だからこそ、何も云わずに大学病院を去ったのだ。

できることなら、彼女が早々に飽《あ》きてくれるか、次のターゲットを見つけてくれるのを祈《いの》るばかりだ。

「そのくらいしてもいいとは思うがな。事を荒立《あらだ》てたくないなら、こちら側で対処するしかないだろうな」

困ってはいるけれど、結局自分は何もしていない。メールの返信もせず、嵐《あらし》が過ぎ去るのを待っているだけだ。

「でも、どうしたらいいか……」

「とりあえず、メールは全《すべ》て残しておいたほうがいい。何もないかもしれないが、迷惑行為《めいわくこうい》がエスカレートしたとき証拠《しょうこ》があれば対応しやすいからな」

「な、なるほど」

返事ができていないため、届いたメールは全てそのままになっていたけれど、高岡に云われなければまとめて消していたかもしれない。

「無闇《むやみ》に警戒《けいかい》する必要はないだろうが、もし何かあったら、すぐに俺を呼べ。メールアドレスも入れておいてやる」

「あっ、勝手に何してるんですか！」

高岡は手にしていた志季の携帯電話《けいたいでんわ》を操作し始めた。

「おい、俺の連絡先が入ってないじゃないか。この間、渡したメモをなくしたのか？」

「持ってますけど……」

高岡の電話番号が書かれたメモは手帳に挟《はさ》んだままだ。捨てようとは思ったけれど、何となく取っておいてしまった。

ただ、自分の携帯電話に登録するのは抵抗《ていこう》があって、わざと放ったままでいた。

「お守りじゃないんだぞ。入れておかないと、いざというときに役に立たないだろ」

「ちょっ、だから勝手に弄《いじ》らないで下さい！」

高岡は志季の携帯に、勝手に自分の電話番号とアドレスを登録してしまう。問答無用で連絡先を交換《こうかん》する羽目になった。

「何かあったらかけてこい」

「絶対にかけません」

「全国制覇《せいは》の男が呼び出せるんだ。役に立つぞ」

「……その本人が危ない場合もあるでしょう」

確かにボディガードにするにはこれ以上ない人材だろう。素手《すで》で敵《かな》う相手はほとんどいないはずだ。だが、その当人は現在進行形で志季を口説いている。

確固たる意志を持って下心を実行に移されたら、手も足も出ない。

「心配ない。いまのところは自重してるだろう?」

「いまのところってどういう意味ですか!」

「ははは、冗談《じょうだん》だ」

「あなたが云うと、冗談に聞こえません」

どこまでが本気でどこからが冗談なのか、高岡の表情からはわかりにくくて困る。

(冗談だとしても笑えないけど……)

それよりも問題なのは、まだ鼓動《こどう》の高鳴りが治まらないということだ。不快感の一つくらい覚えたっていいのに、顔の火照《ほて》りすら引かない。

「お前の許可がない限り、指一本触《ふ》れないと誓《ちか》う。ああ、でも、この間みたいに意識がないときは事後承諾《しょうだく》で頼《たの》む」

「へ、ヘンなことは何もしないって約束して下さいよ」

「善処しよう」

「何なんですか、その曖昧《あいまい》な返事は……」

「自分のことでもどうにもならないこともあるだろう?」

「開き直らないで下さい!」

思わず大きな声を出したあと、ぐったりと脱力《だつりょく》してしまう。

穏《おだ》やかな笑《え》みを浮《う》かべた高岡の表情に、複雑な視線を返すことしかできなかった。

『志季からの誘《さそ》いなんて初めてだな』

「べ、別に俺一人じゃ食べきれないだけですから。他《ほか》にすぐ都合がつきそうな人もいませんでしたし」

『それでも嬉《うれ》しい』

「……っ」

4

云い訳するわけではないが、今日の誘いは決して志季が自分から云い出したことではない。

突然《とつぜん》、湯治中の祖父から牛肉が送られてきた。鍋《なべ》用の薄《うすぎ》切りとステーキ用の厚切りの詰《つ》め合わせだ。しかも、霜降《しもふ》りの最高級品だ。

いきなりどうしたのかと思って電話をしたら、あまりの美味《おい》しさに感動したため、志季にも食べさせたいと思って送ってくれたらしい。

気持ちは嬉しかったが、問題なのは聡子と事務員にお裾分《すそわ》けしても一人では食べきれない量だったということだ。どうしたものかと悩《なや》んでいたら、聡子に「いつものお返しに高岡くんを呼んだらどう?」と云われたのだ。

高岡ならよく食べるし、この程度の量ならあっという間に平らげてくれるだろう。聡子に云われるまでもなく、いつも手土産《てみやげ》を食べるばかりでは申し訳ないとは思っていた。

そのため、聡子の提案に乗ることにしたのだ。高岡を誘うことに決めてから電話をかけるまでには、かなりの時間を要した。先日、勝手に登録された電話番号やメールアドレスはまだ一度も使ったことがなく、なかなか踏《ふ》ん切《ぎ》りがつかなかったのだ。

たかが電話だというのに、何度も躊躇《ためら》った末、結局、覚悟《かくご》を決める前に指が滑《すべ》ってコールされてしまったというカッコ悪い状況《じょうきょう》だった。

繋《つな》がる前に一旦《いったん》切ろうとしたけれど、高岡が出るのは早かった。応答があったあとに無言で切るわけにもいかず、やむなく名乗って「肉を食べに来い」という旨《むね》を伝えたのだった。

「ええと、すき焼きとしゃぶしゃぶどっちがいいですか？」

『どっちも捨てがたいが、今日はすき焼きの気分だな』

「わかりました。仕度《したく》しておきます」

『志季の手料理が食べられるなんて光栄だ』

「鍋なんて料理のうちに入りませんよ」

憎《にく》まれ口を叩《たた》いてしまうのは照れ隠《かく》しだ。鍋に誘ったくらいで、そこまで喜ばれると気恥《きは》ずかしい。

『明日《あした》は診療所《しんりょうじょ》休みだろ？　この間もらった美味《うま》い日本酒があるから持っていく』

「えっ、でも、ご馳走《ちそう》になるわけには……」

昼食の手土産の礼のつもりなのに、また相伴《しょうばん》に与《あずか》ることになってしまう。それでは、お返しにならないではないか。

『遠慮《えんりょ》するな。一人で飲むより、二人で飲んだほうが美味いしな。別に飲めないわけじゃないんだろ?』

「まあ、それなりには」

『それじゃ、稽古《けいこ》終わったらすぐ行くから待っててくれ。八時すぎには行けると思う』

「ごゆっくりどうぞ。急いだせいで転んで、怪我《けが》したりしないで下さいね」

『そうしたら、志季のところに入院する』

「ウチは入院設備ありませんから」

『志季の部屋でも構わんが』

「俺が構います。第一、ウチでいいなら自宅療養で充分《じゅうぶん》じゃないですか」

『モチベーションが違《ちが》ってくる』

電話の向こうで「先生ー」と呼ぶ子供たちの声が聞こえてくる。どうやら稽古の途中《とちゅう》だったらしい。

『すまん、呼ばれてる。じゃ、またあとで。家を出るときにメールする』

「はい、じゃあまた」

約束を交《か》わし、電話を切る。携帯電話を握《にぎ》り締《し》めていた手の平にじっとりと汗《あせ》を掻《か》いていた。

「別に緊張《きんちょう》するようなことじゃないだろ」

自分の反応に思わず独りごちる。

我ながら、懐柔《かいじゅう》されてきていると思う。彼は悪い人間ではない。無神経だと感じる部分もあるけれど、許容範囲《はんい》だし、むしろ意識しすぎているのは志季のほうなのかもしれない。

ストレートに示される好意と魅惑的《みわくてき》な肉体のせいで、高岡の前ではなかなか平常心ではいられない。

鍋をやるなら、肉だけというわけにはいかない。診療所を閉めたあと、近所のスーパーで野菜や豆腐《とうふ》を買い込み、一応ビールも冷やしておいてある。

「他に必要なものはないよな？」

調味料は揃《そろ》っているし、炊飯器《すいはんき》もセットしてある。あとは野菜をてきとうなサイズに切るだけでいいはずだ。

「あっ」

何か足りないと思っていたら、麩《ふ》や葛切《くずき》りを用意していない。白滝《しらたき》を使う家もあるが、夏川家では葛切りのほうがスタンダードなのだ。

（何をそわそわしてるんだ、俺は……）

　これではまるで、高岡が来ることを楽しみにしているかのようではないか。自分の落ち着きのなさが恥《は》ずかしくなってくる。

　そろそろ彼からメールが届く頃《ころ》だろうと携帯電話《けいたいでんわ》を確認《かくにん》する。そこである事実に気がついた。

（……そういえば、今日はまだ彼女からメールが来てないみたいだな）

　現在、麻里亜からのメールの着信時は音がしないよう設定してある。寝起《ねお》きに確認したときは夜のうちに送られたと思《おぼ》しき数通が届いていたけれど、それ以降は届いていないようだった。

　思い直したのならいいのだが、何となく嫌《いや》な予感がする。これがただの懸念《けねん》ですむことを祈《いの》るばかりだ。

　実はまだ麻里亜からのメールにどう返信すべきか悩んでいる。差し障《さわ》りのない返信で終わらせたいけれど、何を返しても差し障りがありそうだからだ。

「……っ」

　ピンポーンというインターホンの音に、思考が打ち切られる。

「やけに早いな」

　もしかして、高岡は稽古を早く切り上げて来たのだろうか。もしそうなら、子供たちに申し訳ない。稽古が終わる時間を考えて連絡《れんらく》すべきだった。

　家を出るときにメールすると云《い》っていたくせに、すっかり忘れているようだ。

そもそも鍋の準備を終えていない。少しはこちらの都合を考えて行動してもらいたいものだ。

「そんなに急がなくたっていいでしょう。まだ何も――」

来客が高岡だと思い込み、モニターも確認せずに玄関《げんかん》を開けた志季は、そこに立っていた人物に面食《めんく》らった。

「えへ、来ちゃった」

「え……？」

人間、予想外のことがあると動けなくなるものらしい。

麻里亜は肩《かた》を竦《すく》めて上目遣《うわめづか》いに見つめてくる。自分が歓迎《かんげい》されることを疑いもしていない表情に、ぞくりと震《ふる》えが走った。固まっていた志季だったけれど、すぐに我に返る。

「あの、何のご用でしょうか……？」

「我慢《がまん》できなくて、志季くんに会いに来ちゃった」

麻里亜は重そうなつけまつげをばさばさと瞬《またた》かせ、綺麗《きれい》にカールされた茶色い髪《かみ》を指先でくるくると巻いている。襟《えり》ぐりが大胆《だいたん》に開いたワンピースからは派手な色の下着のレースが覗《のぞ》いているだけでなく、その上、両腕で胸を寄せて志季に見せつけてくる。

「……ッ」

ぞわっと全身に鳥肌《とりはだ》が立った。

本人は誘惑《ゆうわく》するつもりの行動なのだろうが、志季にとっては恐怖《きょうふ》の対象でしかない。そして、疑問もいくつかある。

麻里亜は自分の意見が通らないと悲劇のヒロインよろしく大袈裟《おおげさ》に嘆《なげ》き始めるため、あまり刺激《しげき》するようなことは云えない。

「どうしてウチの住所がわかったんですか？」

「パパの手帳をこっそり見たの。住所をタクシーの人に見せて、連れてきてもらったんだ。でも、高速道路で車酔《くるまよ》いしちゃった。少し休ませてくれる？」

「ちょ、ちょっと待って下さい！」

玄関に押し入ろうとしてくる麻里亜をどうにか押し留《とど》める。体に触《ふ》れることにも抵抗《ていこう》があったが、それ以上に彼女をプライベートスペースには入れたくなかった。

「何よ、女の子をこんな寒いところに立たせておく気？」

上目遣いと拗《す》ねた口調で詰《なじ》られる。

「いま、ここには俺しかいないんです。独身の男の家に、女性を入れるわけにはいかないでしょう？」

どんな理由をこじつけてでも、麻里亜を家の中には入れたくなかった。

「もう、相変わらず真面目《まじめ》なんだから。そんなところも好きだけど、あんまりあたしを困らせないで？」

小さく肩を竦めながら、甘えた声を出してくる。むしろ困っているのは、こちらのほうだ。

そう云いたかったけれど、ぐっと言葉を呑《の》み込んだ。

「申し訳ありません。今日は一先《ひとま》ずお引き取り下さい」

「無理。だって、あたし、家出してきたんだもん」

「家出⁉」

不穏《ふおん》な単語にぎょっとする。ふと麻里亜の背後に目をやると、大きなスーツケースが置いてあった。まさか、志季の家に居座る気なのだろうか。

「パパったら、あんなイケてない男どもと結婚《けっこん》させようとするなんて最低！　嫌だって云ってるのに、ホントしつこいんだからっ」

「結婚したくないんでしたら、教授にそう伝えればいいのでは……？」

「結婚はしたいけど、妥協《だきょう》はしたくないの。少なくとも、あたしに釣《つ》り合う見た目じゃなきゃ嫌！　お仕事はお医者さんか弁護士さんで、長男じゃないか実家と疎遠《そえん》な人以外は問題外。年収は妥協できるけど、あんまり稼《かせ》いでないならせめて年下じゃないと」

「はあ……」

次々に並べ立てられる条件が高望みだということは、志季にだってわかる。

「パパが連れてくる人って、冴《さ》えないおじさんばっかりなの。それなのに、向こうの親と同居が条件って信じられる⁉」

「……」

るのだろうか。

麻里亜自身、未《いま》だに両親と同居のはずだ。自分のことを棚《たな》に上げていることには気づいてい

「いい加減、家庭に入って落ち着くべきだってうるさくって。あたしの気持ちをパパがわかってくれるまで絶対に帰らないから！」

麻里亜はそう云って、家に上がり込もうとしてくる。

父親への不満から家出してくるという行動は、十代なら可愛《かわい》げもあるけれど、彼女はもう三十代半ばのはずだ。紀村教授が落ち着いて欲しいと思う気持ちはよくわかる。

彼女の考えを聞いて、余計に警戒心《けいかいしん》は強くなった。

やはり、志季のことは自分の望む条件を満たす都合のいい相手だと認識しているのだろう。年下なら御《ぎょ》しやすいとでも思っていそうだ。

ここで以前のように押しに負けてなあなあになってしまっては、いつまでも振《ふ》り回され続けるだけだ。そう自分に云い聞かせ、大きく息を吸い込んだ。

「――申し訳ありませんが、あなたを泊《と》めることはできません」

「どうして？　あっ、パパに遠慮《えんりょ》してるんでしょ。そんな義理立てしなくたっていいのに、真面目なんだから」

「そういうことではありません。家族のことは家族で話し合うべきだと思います。教授だって、あなたのためを思って行動しているんですから」

説得しようとしたけれど、科《しな》を作って玄関先《げんかんさき》で迫《せま》られる。

「あなたの傍《そば》じゃないと安心できないの！　ご飯も作るし、精一杯《せいいっぱい》のことはするから。ね、お願い！」

「うわっ!?」

いきなり抱《だ》きつかれ、玄関の壁《かべ》に押しつけられた。鳩尾《みぞおち》のあたりに感じるぐにゃりとした物体に、さっき以上の悪寒《おかん》が走り抜《ぬ》ける。

志季の説得は、彼女の心に少しも響《ひび》かなかったようだ。

「は、離《はな》れて下さい」

「ふふ、照れてるの？　かーわいい」

「……っ」

気持ち悪い。吐《は》き気《け》がする。

密着する感触《かんしょく》とキツい香水《こうすい》の匂《にお》いで、どんどん気分が悪くなっている。自分が迫れば、男なら誰《だれ》でも云うことを聞くと本気で思っているところが本当に質《たち》が悪い。

言葉にならないほどの不快感で頭がくらくらする。

せめて聡子がいてくれれば、こんな事態だけは避《さ》けられたかもしれないと悔《く》やむけれど、それも仮定の話だ。

いつもいつも誰かが助けてくれるわけではない。志季だっていい大人なのだから、自分の身は自分で守らなければならない。

（しっかりしろ！）

拳《こぶし》をそっと握《にぎ》り締《し》め、自らに気合いを入れる。

いくら話が通じない相手でも、不愉快《ふゆかい》だということを辛抱強《しんぼうづよ》く伝えれば理解するはずだ。逆ギレされるかもしれないけれど、全《すべ》てが丸く収まる魔法《まほう》の言葉なんて存在しない。

「すみません、本当にやめて下さい」

「やん、照れてるの？」

志季は語気を強めるけれど、麻里亜は一向に堪《こた》える様子もなく志季の足に自分の足を絡《から》めてくる。

麻里亜はいつでも積極的だったけれど、ここまであからさまに迫ってくるのは初めてだ。以前に二人きりになることがあっても、職場だったことで幾分《いくぶん》かはブレーキがかかっていたのかもしれない。

「ねえ、志季くんは何が心配なの？　パパのことは心配ないわ。あたしがお願いすれば許してくれるから大丈夫《だいじょうぶ》」

「そういう問題じゃ……」

ワンピースの肩部分を引き下げ、下着をわざと見せつけてくる。普通《ふつう》の男には魅力的《みりょくてき》に見えるのかもしれないが、志季には不快な脂肪《しぼう》の塊《かたまり》にしか見えない。

じっとりと脂汗《あぶらあせ》が浮《う》き、酸《す》っぱいものが喉《のど》の奥に込み上げてくる。いますぐ引き剝《は》がしたいけれど、剝《む》き出しになった肩にも触れたくない。

しかし、そんなことに拘《こだわ》っている場合ではないことは、自分が一番承知している。

紀村教授の下《もと》にいた頃《ころ》、もっとはっきり拒絶《きょぜつ》しておくべきだったのかもしれない。教授を云《い》い訳《わけ》にしてそれとなく逃《に》げ回っていたことも、誤解を生む要因になったのだろう。

そして、再びメールが来るようになっても、目の前の問題から目を逸《そ》らし続けてきた。そのツケがいまこうしてまとめてのしかかってきているのだ。

「初めて会ったときのこと覚えてる？　あのとき、志季くんに会えたのって運命だったんだなあって思うの」

「いや、でも、他《ほか》の先生方もたくさんいたじゃないですか……」

職場の懇親会《こんしんかい》や教授が招待されるパーティには、ほとんど麻里亜が同伴《どうはん》しているという話だ。あの日が初対面だったのは、ただの偶然《ぐうぜん》でしかない。

「志季くんを見た瞬間《しゅんかん》、この人だ！　って思ったの。志季くんも同じように感じてくれてたんでしょう？」

「は？　いや、俺は別に——」

とくに感じたりはしなかった、と云おうとしたけれど、より強く体を押しつけられ、本気で嘔吐《えず》きそうになる。

「志季くん、あたしのこと好きにしていいから、ここに置いて？　ねえ、お願い！　何でも云うこと聞いてあげるから」

「……ッ」

云うことを聞いてくれると云うなら、いますぐ出ていって欲しい。だけど、いまの志季は吐き気を堪《こら》えることで精一杯だった。

「志季くん……」

麻里亜はうっとりした口調で志季の名を呼びながら、背伸《せの》びをする。唇《くちびる》を尖《とが》らせながら薄目《うすめ》でこちらを見つめてくる様子に、キスを待っているとわかった。

（もうダメだ……吐く……）

いっそ、このまま吐き気を堪えずに嘔吐《おうと》してしまおうか。麻里亜には文句を云われるだろうけれど、この状況《じょうきょう》から抜け出すことはできる。

必死に顔を背《そむ》けていたそのとき――。

「志季ー？　表の荷物は何なんだ？」

ガチャリと玄関《げんかん》が開いた音と共に、高岡が顔を出す。いつもは無断で入ってくる高岡の粗雑《そざつ》さを腹立たしく思うが、今日は心の底からありがたかった。

「た、高岡さん」

思わず縋《すが》るような目を向けた瞬間、彼の表情が剣呑《けんのん》になった。

「誰だ、こいつ」

「あんたこそ何なのよ⁉」

麻里亜は突然《とつぜん》現れた高岡に、自らはだけさせたワンピースの胸元《むなもと》を引き上げながら文句を云う。それでも、志季からは離れようとしなかった。

「人の家に勝手に入ってくるなんて気持ち悪いわね！」

「志季から離れろ」

「何云ってるの？　ねえ、ちょっと志季くん、何なのよこいつ――きゃっ」

麻里亜の悲鳴と共に体が軽くなる。やっと、まともに空気を吸い込めた。

「離れろって云っただろ」

「何するのよ‼」

力尽《ちからず》くで引き剝がされた麻里亜は金切り声で文句を云う。

「それはこっちの台詞《せりふ》だ。こんなところで志季に何をする気だったんだ？」

高岡は淡々《たんたん》と問い返す。

「何ってあんたには関係ないでしょ⁉　暴力を振るうなんて、あたしをどうするつもり⁉」

「どうもしない。触《さわ》りたくもなかったが、志季から離れてもらうにはこうするしかなかっただけだ。いまのが暴力だって云うなら、あんたのしてたことだって似たようなものだろ」

「なっ……人をバカにするのもいい加減にしなさいよ！　警察呼ぶわよ⁉」

「自分で呼んでくれると助かる」

「はあ？」

「煩《うるさ》いからちょっと黙《だま》っててくれないか？　志季、大丈夫か？」

大袈裟《おおげさ》に騒《さわ》ぐ麻里亜を無視し、高岡が訊《き》いてくる。

「ありがとうございました……助かりまし――う…っ」

ほっとして気が緩《ゆる》んだのか、その瞬間、限界が訪《おとず》れた。堪えることもできず、その場で勢いよく戻《もど》してしまう。志季は玄関の上《あ》がり框《がまち》に派手に吐き、胃の中が空っぽになった。

「志季、大丈夫か？」

もう胃液しか出てこないのに、吐き気が治まらない。

「やだ、汚《きたな》いわね！　何なのよいきなり……っ。まさか、ヘンな病気でも持ってるんじゃないでしょうね……⁉」

いきなり吐き戻した志季から、麻里亜は距離《きょり》を取っている。目の前で吐いている人間には、誰だって近づきたくないだろう。

げほごほと噎《む》せていると、高岡が背中をさすってくれる。男として、医師としてみっともない姿を晒《さら》してしまった自分が恥《は》ずかしい。

「一応訊いておくが、彼女は君が招き入れたのか？」

「違《ちが》い、ます……」

涙目《なみだめ》で嘔吐きながら、必死に否定の言葉を口にする。帰るよう諭《さと》したけれど、強引《ごういん》に押し入られてしまったのだ。不法侵入《しんにゅう》で訴《うった》えるとしたら、彼女のほうだ。

「やっぱりな」

麻里亜からのアプローチに迷惑《めいわく》していることを高岡は知っている。志季の様子にいまの状況を察したようだ。

「な、何なのよ……」

警戒《けいかい》しながら後退《あとじさ》る麻里亜に対し、高岡は冷たい声音《こわね》で云い放つ。

「志季の具合の悪さは君が原因だ。原因さえいなくなれば体調も回復するだろうな」

「はあ？　意味がわかんないんだけど」

「はっきり云って欲しいのか？　君の存在が不快だと云ってるんだ。とっとと出ていってくれないか？　それとも、本当に警察を呼んだほうがいいか？」

「ちょっ、失礼ね！　あんた、何様のつもりなの!?」

自分のせいで志季の気分が悪くなったと云われたことを理解した麻里亜は、再び騒ぎ出す。

「志季は君からのアプローチを迷惑に思っていたんだ。快く招き入れるはずがない。君のしていたことは不法侵入と強制わいせつだ」

「人聞きの悪いこと云わないでよ！　ちょっとサービスしてあげただけじゃない！」

サービスという単語に目眩《めまい》がする。世の中には、麻里亜のような女性に迫《せま》られて喜ぶ男ばかりではないことをどうすれば理解してくれるのだろうか。

「合意があったとは云わせない。嫌《いや》がってる相手の体を触るのは犯罪だ。通報されたくなければいますぐ出ていけ」

高岡の口から発せられるストレートな言葉に、麻里亜は真っ赤になってわなわなと震《ふる》え出した。いま、彼女のプライドはずたずただろう。

「あんたに云われなくても、こんな汚いところとっとと出ていってやるわよ……っ！　あたしにそんな無礼なこと云ったこと後悔《こうかい》させてやるから！」

麻里亜は捨て台詞《ぜりふ》と共に志季の家から出ていった。鬱屈《うっくつ》をぶつけるかのように、玄関のドアが乱暴に閉められる。

志季はその苛烈《かれつ》さに呆気《あっけ》に取られていたけれど、招かざる侵入者が退場してくれたということに気づき、ほっとしてその場にへなへなとへたり込んでしまった。

「志季、大丈夫《だいじょうぶ》か？」

「はい……」

麻里亜がいなくなり、吐き気《はけ》が治まってきた。胃酸のせいで喉に不快感はあったけれど、窮《きゅう》地《ち》を脱《だつ》した安堵《あんど》で気持ちが楽になる。

「すまない。俺がもっと早く来ていれば、こんなことにならずにすんだのに」

「いいえ、お陰《かげ》で助かりました。本当にすみませんでした……先日に続き、今日もみっともないところを見せてしまって……」

膝《ひざ》を揃《そろ》えて、頭を下げる。礼の言葉だけでは足りないほどの恩を受けてしまった。

「気にするな。誰《だれ》にだって、不得意なものはあるだろう」

「……！」

志季の前に膝をついた高岡に、頭をくしゃりと撫《な》でられる。思わず鼻の奥がつんと痛み、胸が痛くなった。弱っているときの優《やさ》しい言葉は、心臓にダイレクトに来るのが困る。

「体、しんどいだろ？　ここは俺が片づけておくから、お前は部屋で休んでろ」

「そんな！　そこまでさせるわけにはいきません」

助けてもらっただけでも充分《じゅうぶん》世話になったのに、汚物《おぶつ》の処理までさせるわけにはいかない。自分の尻拭《じりぬぐ》いくらい、自分でするべきだ。

「気にするな。普段《ふだん》、酔《よ》っ払《ぱら》いの世話は俺の役目だから慣れてる。具合の悪いやつの仕事は大人しく寝《ね》てることだ。何なら部屋まで連れてってやろうか？」

「け、けっこうですっ」

また子供のように抱《だ》き上げられることを想像して、首を横に振《ふ》る。

「だったら、今日は甘えておけ。その代わり、次は俺が甘えさせてもらう」

「……わかりました」

高岡が何を考えているのかはわからなかったけれど、承諾《しょうだく》した。志季も男だ。恩返しのためならと覚悟《かくご》を決める。

「よし、じゃあ今日は寝ろ」

「あ、あの、じゃあシャワーを浴びてきていいですか？　体についた香水《こうすい》の匂《にお》いが気持ち悪くて……」

麻里亜に抱きつかれたときの移《うつ》り香《が》がまだ残っている。この香《かお》りを纏《まと》っていると、さっきの不快な感触《かんしょく》を思い出してしまうのだ。

「一人で大丈夫か？」

「はい、もう立てますから」

「中で気分が悪くなったらすぐ呼ぶんだぞ」

この症状《しょうじょう》は基本的に精神的なものだ。原因を取り除けば改善する。

脱衣所《だついじょ》で剝《は》ぎ取るように服を脱《ぬ》ぎ、洗濯機《せんたくき》に放り込む。全裸《ぜんら》になったら、さっきまでの息苦しさが緩和《かんわ》した。

洗濯機を回してから、浴室で頭からシャワーを浴びる。最初のうちはまだ水が温まりきっておらず冷たかったけれど、お陰で頭が冴《さ》えてきた。

高岡が来てくれなかったら、対処しきれなかったかもしれない。結果的に今回も助けられることになってしまった。

（……情けない）

人前で嘔吐《おうと》するというみっともない姿を見せてしまったけれど、結果的にはよかったのかもしれない。

麻里亜は言葉で拒否《きょひ》しても意に介《かい》してはくれないが、さすがにさっきの志季の様子には引いていた。今後の平穏《へいおん》を考えたら、あのくらいの恥《はじ》は掻《か》き捨てと云《い》ってもいいだろう。


シャワーを浴びてから部屋着に着替《きが》えて戻ると、玄関《げんかん》はすっかり片づいていた。慣れているという言葉どおり、高岡はかなり手際《てぎわ》がいいようだ。

キッチンに立っていた高岡は、志季の気配に気づいてこちらを振り向く。

「気分はどうだ？」

「もう大丈夫です。本当に色々とすみませんでした……」

高岡に改めて詫《わ》びる。食事に招いておいて、汚物の処理をさせることになるなんて、はっきり云って最悪だ。

あんな場面を見てしまったあとでは、食欲《しょくよく》だって湧《わ》かないだろう。高岡への礼は日を改めてするしかない。

「だいぶ顔色がよくなったな。とりあえず、水分を摂《と》れ。って偉《えら》そうに医者に云うのも何だけどな。冷蔵庫、勝手に開けさせてもらった」

「ありがとうございます」

氷水にレモンの薄切《うすぎ》りが浮《う》いているグラスを受け取り、口をつける。志季がシャワーを浴びている間に用意してくれていたのだろう。

「……美味《おい》しい」

レモンの風味がする水を飲み干すと、胃の辺りのむかつきがすっきりする。

「気持ち悪いときはすっきりするだろ。二日酔いのやつに評判がいいんだよ」

「本当にあなたは面倒見《めんどうみ》がいいですよね」

「そうか？　手のかかる後輩《こうはい》どもにずっと囲まれてたからかもな」

高岡が後輩に慕《した》われている光景が容易に目に浮かぶ。

「で、彼女のことはどうするつもりだ？」

「それは――」

敢《あ》えて考えないようにしていたことを思い出し、胃が痛くなった。

「お前が大事《おおごと》にしたくない気持ちはわかる。だが、警察に行かないまでも、せめて父親には報告しておくべきだと思う」

「確かにそうですね」

いつまでも逃《に》げ続けていたツケが今日来てしまったのだ。

穏便《おんびん》にすませたかったけれど、当人が行動に出てきてしまった以上、事を荒立《あらだ》てずにというわけにはいかない。

「今日は遅《おそ》いですし、教授には明日連絡《あしたれんらく》することにします」

麻里亜のしたことをどう伝えるか、考えておいたほうがよさそうだ。彼女の行動をそのまま報告したら、あの生真面目《きまじめ》な紀村教授は卒倒《そっとう》しかねない。

「……俺も謝らないとな」

高岡は神妙《しんみょう》な顔をして、そう切り出してきた。

「え？」

だが、彼が謝るようなことはなかったはずだ。怪訝《けげん》な顔で見返すと、腰《こし》を折って頭を丁寧《ていねい》に下げてきた。

「さっきは彼女に偉そうなことを云ったが、俺がしたことも強制わいせつだよな。いや、もっと酷《ひど》いかもな。反省するには遅いが――」

「あなたは彼女とは違《ちが》います！」

「どう違うんだ？」

「どうってその、えっと……」

反射的に否定してしまった自分の真意がわからず、一人動揺《どうよう》する。

（どうして俺はこの人を庇《かば》ってるんだ……）

いまの云い方では、まるで自らの望んだ行為《こうい》だったと云っているかのようだ。語弊《ごへい》が生じかねないことに気づき、云い訳を探す。

「あ、いや、そういうわけじゃなくて、原因は俺にあったと云おうとして——」

言葉が途切《とぎ》れたのは、高岡が突然《とつぜん》抱きしめてきたからだ。逞《たくま》しい胸板《むないた》に顔を押しつけられ、思わず息を呑《の》む。

一瞬《いっしゅん》、心臓が止まりそうになった。

（……何だ、これ……）

一気に血流が速くなり、鼓動《こどう》が早鐘《はやがね》を刻み出す。それと共に、何とも云えないむずむずした感覚に襲《おそ》われた。触《ふ》れている部分が火傷《やけど》しそうに熱い。

下腹部に生まれた違和感《いわかん》が、疼《うず》きへと変わっていく。意識しないよう努めるものの、主張し始めた自身を無視することはできなかった。

自らの反応に困惑《こんわく》しながらも、このまま触れていたらまずいということだけはわかっていた。

「あの、離《はな》して下さい」

こんなところで、自分たちは何をしているのだろう。

「本当に嫌《いや》なら、もっと強く押せるだろう？」

「……っ、あなたに力で敵《かな》うわけないじゃないですか！」

いまだって必死に押し返しているつもりだ。高岡の体を感じていると、否応《いやおう》なく昂《たか》ぶってしまうのだ。顔を上げて不満を訴《うった》えた直後、キスされて言葉を封《ふう》じられた。

「んっ⁉」

頭《かぶり》を振《ふ》って口づけを解《ほど》こうとしたけれど、高岡はその動きを追いかけるようにして唇《くちびる》を啄《ついば》んでくる。

「や、ん、んん……っ」

触れている部分が甘く痺《しび》れてくる。まるで、高岡に自分の領域を浸食《しんしょく》されているかのようだった。せめて、これ以上の侵犯《しんぱん》を拒《こば》もうと歯を食い縛《しば》る。

この先に進むのだけはダメだ。快感がどういうものかということをもう知ってしまっている。このまま深い口づけになったら、絶対に流されてしまう。

「口開けて、志季」

「……あ……」

決意も虚《むな》しく、高岡の言葉に素直《すなお》に従ってしまう。やめさせなければと思っているはずなのに、どうして云うことを聞いてしまうのだろう。

「いい子だな」

薄《うす》く開いた歯列の隙間《すきま》から、無理矢理《むりやり》舌先を捻《ね》じ込まれた。

「ぁ、ぅン、んん……っ」

ざらりと舌が擦《こす》れ合い、ぞくぞくと首の後ろに震《ふる》えが走った。口づけがより深くなると共に口腔《こうこう》を荒々《あらあら》しく掻き回され、理性が蕩《とろ》けていく。

(口の中、気持ちいい)

一体、自分はいま何をしているのだろう。そんな自問をしてしまうけれど、欲望《よくぼう》に抗《あらが》うのは容易ではない。志季がキスに夢中になるのに、そう時間はかからなかった。

「……ン、んん……」

高岡の胸を押し返していた手も、いつの間にか背中に回っていた。服越《ご》しの筋肉の感触《かんしょく》を探《さぐ》るように撫《な》でてしまう。

キスの心地《ここち》よさに、体がキャラメルみたいに蕩けていく。足下《あしもと》の心許《こころもと》なさから背中にしがみつくと、足を膝《ひざ》で割られ、腰をさらに強く抱き寄《だ》せられる。

「ぁん、あ……っ」

張り詰《つ》めた股間《こかん》を硬《かた》い太腿《ふともも》で擦られ、大きな声が漏《も》れてしまう。口づけが解けると共に、かくんと膝が折れた。

完全に体を預ける体勢になったところを、ひょいと肩《かた》に抱き上げられた。

「わっ、何を――」

「腰が立たないんだろ？　場所を変えよう。ここじゃ落ち着かない」

まるで子供のように易々《やすやす》と抱《かか》え上げられたまま、二階の自室へと運ばれる。高岡は部屋の灯《あか》りをつけず、志季をベッドに横たえた。

いかにもなシチュエーションに志季は小さく喉《のど》を鳴らす。彼は自分を抱く気でいるのだろう。そして、それがわかっているのに身動きが取れない。

「嫌だというなら、このまま帰る。首を横に振るだけでいい」

「…………」

「止めないなら、このまま抱くぞ」

「…………」

熱っぽい眼差《まなざ》しから、目を逸《そ》らせない。高岡はシャツを脱《ぬ》ぎ捨て、逞しい肉体を露《あら》わにした。

「好きなんだろ、俺の体が」

「……っ」

志季はいま、汗《あせ》の匂《にお》いがする高岡の体に確かに欲情《よくじょう》している。あの快感がまた味わえると思うと、志季の体は否応なく疼いた。

「難しいことは考えなくていい。本能に従え」

いまならまだ逃げられる。頭の中で警告が鳴り響《ひび》いているのに、体は金縛《かなしば》りに遭《あ》ったかのように動かなかった。

覆《おお》い被《かぶ》さられ、顔に影《かげ》が落ちる。近づいてくる唇を受け止める前に、志季は目蓋《まぶた》を下ろしていた。

「ん――」

お互《たが》いの唇を貪《むさぼ》り合い、舌を絡《から》め合う。混じり合う唾液《だえき》を飲み下し、口腔を掻《か》き回す舌に吸いつき、甘噛《あまが》みする。

麻里亜にキスをねだられたときの嫌悪感《けんおかん》は言葉にできないほどだった。高岡の口づけの気持ちよさに、あのときの不快な記憶《きおく》が薄らいでいく。

唇や舌を痺れるほど貪ったあと、高岡は名残惜《なごりお》しげに顔を上げる。とろんとした眼差しで見上げたその顔は、獲物《えもの》を捕《と》らえた獣《けもの》のような表情をしていた。

（食べられる――――）

本能的にそう悟《さと》り、ぶるりと背筋が震える。だけど、この震えは恐怖《きょうふ》ではなく、期待から来るそれだった。

「んっ」

首筋に口づけを落とされると、肌《はだ》がざわめき、腰の奥がずくりと疼いた。

高岡は自分の痕跡《こんせき》を残そうとするかのように志季の肌を吸い、歯を立てる。そうして赤く鬱《うっ》血《けつ》した皮膚《ひふ》を舐《な》め、吸い上げられると背筋が震えた。

「あ、んん……っ」

寝間着替《ねまきが》わりのTシャツを捲《まく》り上げられ、力任せに脱がされる。シャワーを浴びたばかりだというのに、志季の肌はうっすら汗ばんでいた。

「あ、あんまり、舐めないで下さい……」

「ダメだと云《い》われると苛《いじ》めたくなるな」

「ひぁ……っ」

尖《とが》った乳首《ちくび》に吸いつかれ、高い声を上げてしまう。もう一方を指で捏《こ》ねられ、身悶《みもだ》える。ねっとりとした感触に甘い震えが走る。

「や、ぁん、ああ……っ」

これまでそんなところを意識したことはなかったはずなのに、高岡の愛撫《あいぶ》に感じてしまう。嘘《うそ》みたいに敏感《びんかん》になったそこに歯を立てられ、背中を弓なりに撓《しな》らせる。高岡は浮《う》いた背中を掬《すく》い上げるように抱き寄せ、さらにキツく吸い上げた。

腰《こし》周りを撫で回され、ゴムのウエストから手を差し込まれる。高岡は志季の尻《しり》を撫で、力任せにわし摑《づか》む。揉《も》みしだかれ、志季は喉の奥を鳴らした。

「あっあ、あ……!?」

スウェットと下着を引き下ろされると、張り詰めた自身が露わになった。

「これじゃキツいだろ。先に一旦《いったん》抜《ぬ》いてやる」

「え、なに……?」

一瞬《いっしゅん》、何を云われたかわからず目を瞬《またた》く。戸惑《とまど》っている志季を余所《よそ》に、高岡は体の位置をずらして顔を寄せる。そして、ガチガチに張り詰めた昂ぶりを躊躇《ためら》いもなく舐め上げた。

「や……!?」

いい歳をした成人男子として、口淫《こういん》という行為《こうい》を知らなかったわけではない。けれど、実際に自分の性器を舐められるのは刺激《しげき》が強すぎた。羞恥《しゅうち》に脳が煮《に》え滾《たぎ》り、パニックに陥《おちい》る。

「やだ、やめ、そんなとこ……！」

高岡の頭を引き剥《は》がそうとするけれど、熱く濡《ぬ》れたものに触《ふ》れられる言葉にならない気持ちよさに力が入らなくなっていく。

「気持ちよくないか？」

「よすぎて……おかしく、なる……っ」

「なら、よかった」

「あ、や、離《はな》して、ぁあ……っ」

おかしくなれとばかりに、自身を大胆《だいたん》に舐めしゃぶられる。

志季の反り返った屹立《きつりつ》に舌を這《は》わせている高岡の表情に不快感や嫌悪感のようなものは一切《いっさい》見られない。

それどころか、獣が狩《か》った獲物を味わっているような満足げな表情をしていた。

ドクドクと脈打ち、張り詰めているのに、同時に表面から蕩けていくような感覚に襲《おそ》われる。しゃぶられているものも頭の中も、何もかもが蕩けて形をなくしていくようだった。

「溢《あふ》れてきてるのが自分でもわかるだろう？」

「ぅあ……ッ」

体液の滲《にじ》む先端《せんたん》をぐりっと指で抉《えぐ》られる。爪《つめ》の先で軽く引っかかれると、びくんっと反射的に腰が浮いた。

「可愛《かわい》いな。もっと声を聞かせろ」

「いや、あ…あ……っ」

繰《く》り返される刺激に感じすぎてしまう自分の体を持て余す。

高岡はそんな志季の反応を数度楽しんだあと、先端を口に含《ふく》む。それはまさに食べられていると表現するしかない光景だった。

つけ根の膨《ふく》らみを指で弄《もてあそ》びながら、窪《くぼ》みを舌先で刺激する。昂《たか》ぶりの先をじゅっと音を立てて吸い上げられ、悲鳴じみた声を上げてしまった。

「ぁあ……っ」

そのまま深く呑《の》み込まれ、キツく締《し》めつけた唇《くちびる》の裏側で擦られる。快感に煮え立った脳内では、すでに理性は瓦解《がかい》していた。

「ぁん、あ、あ……っ」

志季は強すぎる快感に啜《すす》り泣くような嬌声《きょうせい》を上げてしまう。高岡は口淫を続けながら、ぬるつくものを後ろの窄《すぼ》まりに塗《ぬ》りつけてきた。

感触《かんしょく》からして軟膏《なんこう》だろうか。用意のよさに驚《おどろ》く間もなく、くすぐったさに似た感覚に思わずそこに力が入る。

キツく閉《と》ざした入り口をこじ開けるかのように、高岡は油分の滑《ぬめ》りを使って指先を強引《ごういん》に押し込んできた。

「んっ」

まるで自ら呑み込んでいるみたいに、高岡の太い指が難なく入り込んでくる。

「やだ、や、指、抜《ぬ》いて……っ」

「慣らし終わったらな」

「ぅあ……っ、あっ、ぁん！」

深く埋《う》め込んだ指で中を掻き回され、びくんっと腰が跳《は》ねる。

迷うことなく鋭敏《えいびん》な場所を探《さぐ》り当てられた志季は目を瞠《みは》った。高岡はこの間見つけた志季の弱点を一つ残らず覚えているのかもしれない。

体の内側と外側を同時に責め立てられ、頭がおかしくなりそうだった。死にそうなほど気持ちよくて、ただ喘《あえ》ぐことしかできなかった。

「も、やめ……っ、出ちゃ、から……ッ」

終わりが見えてきたことで、僅《わず》かに理性が戻《もど》ってきた。切羽《せっぱ》詰まった衝動《しょうどう》が、すぐそこに迫《せま》ってきている。

このままでは、高岡の口腔《こうこう》で果て、欲望《よくぼう》を吐《は》き出すことになってしまう。さすがにそんな粗相《そそう》はしたくなかった。

志季の必死の訴《うった》えに返事はなく、その代わりと云わんばかりに愛撫に熱を込められる。

「やだ、おねが……っ、あっあ、ぁあ……！」

じゅっと音を立ててよりキツく吸い上げられると同時に内壁《ないへき》を強く刺激され、堪《こら》えきれずに欲望を爆《は》ぜさせてしまった。

言葉にできないほどの解放感に、頭の中が真っ白になる。高岡の口腔に放ってしまったと気づいたのは、残滓《ざんし》まで啜り上げられているときだった。

自分の粗相を謝罪しようと体を起こそうとして、受け止めたものを何食わぬ顔で嚥下《えんげ》しているその様子が目に入る。

「何して――」

「よかっただろう？」

「の、飲んだんですか⁉」

「何か問題か？」

「だって、あんなの……っ」

毒ではないけれど、排泄物《はいせつぶつ》の一種だ。進んで口にするものではない。

だけど、大人なら大騒《おおさわ》ぎするほどのことでもないのだろうか。自分の反応が過剰《かじょう》かどうか、つい先日まで未経験だった志季の混乱した頭では判断できなかった。

「心配するな。俺のをしてくれとは云わない」

「……っ」

安心させるための言葉だったのだろうが、志季は思わず高岡のものを自らの口に含むところを思い浮かべてしまった。

あんなサイズのものが口に入りきるわけがないと思いかけ、問題はそこではないと自分にツッコミを入れる。

絶対にあんなことをするつもりはない。なのに、舌に触れる硬《かた》さや味を想像して、一人で勝手に恥《は》ずかしくなってしまう。

「何を考えてる？」

「な、何でもありません！」

至近距離《きょり》で顔を覗《のぞ》き込まれ、ぶわっと全身が熱くなった。高岡の目に見つめられると、頭の中まで晒《さら》しているような気持ちになるのだ。

「何でもないって顔じゃないだろう」

「本当に何でもないんです！」

「なら、続きをしてもいいか？」

「え？」

「俺も限界なんだ」

高岡は自分の着衣を全て脱ぎ捨てると、志季の服も剝ぎ取った。

足を痛いほどに開かされ、股関節《こかんせつ》の痛みに顔を顰《しか》める。次の瞬間《しゅんかん》、脳裏《のうり》に思い浮《う》かべたばかりの屹立《きつりつ》を勢いよく押し込まれ、一息に最奥《さいおう》まで貫《つらぬ》かれた。

「あぁぁあ……ッ」

充分《じゅうぶん》に解《ほぐ》されきっていなかったせいか、少しだけ引き攣《つ》れるように痛い。だけど、痛みなんてどうでもよくなるくらいの充足感に満たされた。

「すまん、志季」

謝るくらいなら、初めからこんなことしないで欲しい。

高岡がいなければ、男に抱《だ》かれて乱れる自分なんか知らずにすんだし、快感を欲しがって縋《すが》りつく羽目にもならなかったはずだ。

凶暴《きょうぼう》と云《い》うしかない質量の怒張《どちょう》が、いま志季の中で脈打っている。欲情《よくじょう》しているからこその熱とサイズに圧倒《あっとう》されるばかりだった。

「動くぞ」

「待っ……あ!?」

まだ心の準備ができていない。なのに、高岡は志季の足を摑《つか》んだまま、自身を根本まで埋め込んだ体を揺《ゆ》すり始めた。ぎちぎちに嚙《か》み合ったそこから、振動《しんどう》が伝わってくる。

「いっ……あ…ん、あ……っ」

「力を抜け。俺に全部任せろ」

「はっ……あ、あ、あ……！」

少しずつ動きが大きくなるにつれて、内壁の摩擦《まさつ》が酷《ひど》くなっていく。ガチガチに張り詰《つ》めた屹立が高岡の引き締まった腹部に擦《す》れる。

突《つ》き上げる動きに合わせて溢れ出る体液が、志季の屹立を伝い落ちていく。

「ぅあ……っ、あ、ああっ」

衝動をぶつけるかのように、高岡は激しく腰《こし》を打ちつけてくる。内臓を押し上げる突き上げと、体がばらばらになりそうなほどの律動に惑乱《わくらん》する。

小学生のときから使っているベッドは、男二人ぶんの重みにぎしぎしと軋《きし》む。穿《うが》たれるたびに上がる志季の声に合わせて呻《うめ》いているかのようだった。

「あっあ、あっ……」

突き上げられるたびに、蕩《とろ》けた軟膏がぐちぐちと濡《ぬ》れた音を立てる。熱に浮かされた状態で、衝動を受け止める。

「すまん、歯止めが利《き》かない」

「ひぁ…っ、あ、あんー……ッ」

腰を引かれ、屹立が抜け出る直前に押し戻される。熱く張り詰めた怒張を放すまいと、粘膜《ねんまく》がそれを締めつけているのが自分でもわかる。

張り出した部分に擦《こす》られるのが、堪《たま》らなく気持ちいい。勢いよく内壁を抉《えぐ》られる衝撃《しょうげき》に、頭の中までめちゃくちゃになっていった。

「や、そこ……っ」

「ここか？」

「ぁあっ、あっあ、あ！」

とくに感じる部分を突かれ、悲鳴じみた声を上げる。高岡は志季の腰を摑んで引き寄せ、荒々《あらあら》しく掻《か》き回す。

「あっ、あ、あ……!?」

下半身が浮き上がった状態で責め立てられる不安定さが怖《こわ》い。手を彷徨《さまよ》わせてベッドカバーを摑んだけれど、縋るには心許《こころもと》なかった。

いますぐ終わりにして欲しいと思うと同時に、いつまでもこの快感を味わっていたいとも思ってしまう。

「怖い、やだ、やぁ……っ」

「何が怖い？」

「気持ち…よくて、も、わかんない……」

「これが気持ちいいのか？」

高岡は抜《ぬ》き差しの動きを大きくしながら、志季に問う。充血《じゅうけつ》し、張り詰めた屹立に内壁を擦り上げられる快感は堪らなかった。

「いい、すご、よすぎて、こわい……っ」

「俺も最高にいい」

「ああっ、あっあ、あ……ッ」

「好きだよ、志季」

上擦った囁《ささや》きのあと、追い立てが激しくなった。

体内を掻き回される水音だけでなく、皮膚《ひふ》がぶつかり合う音まで部屋に響《ひび》く。そんな卑猥《ひわい》な音と志季の嬌声《きょうせい》、そして二人ぶんの荒《あら》い呼吸に室内が満たされる。

「んん――!?」

気がついたときには下腹部を小刻みに痙攣《けいれん》させ、白濁《はくだく》を吐き出していた。高岡は欲望を爆ぜさせる志季の腰を摑み、ガクガクと激しく揺さぶる。

そして、奥深く穿った瞬間、志季を追いかけるように熱を体の奥深くに注ぎ込んだ。

「……っ」

「……あ、は……っ」

絶頂の衝動に身を強張《こわば》らせた高岡は、やがて四肢《しし》を弛緩《しかん》させた。志季はどさりと落ちてきた重たい体を両手で受け止める。

逞《たくま》しく引き締《し》まった肉体に手を這《は》わせてしまう。僧帽筋《そうぼうきん》の盛り上がりや広背筋の張り詰めた感触《かんしょく》を恍惚《こうこつ》と味わった。

高岡は荒い呼吸に肩《かた》を上下させていたけれど、おもむろに顔を上げた。

「志季、大丈夫《だいじょうぶ》か？」

汗《あせ》で額に貼《は》りついた前髪《まえがみ》を指で除《よ》けてくれる。

「……大丈夫なんかじゃありません」

「志季？」

「責任、取って下さい」

高岡の首にしがみつき、肩口に顔を埋《うず》めながら掠《かす》れた声でそう告げた。まだ体の熱が治まらず、あちこちがジンジンと疼《うず》いている。

志季の体はさらなる快楽を要求している。このままでは、眠《ねむ》ることもできない。

「……っ」

しがみついた弾《はず》みに、呑《の》み込んだままの屹立を締めつけてしまう。その締めつけがキツかったのか、高岡は小さく息を呑んだ。

もっと快感が欲しい。焦燥感《しょうそうかん》に似たもどかしさに急《せ》かされるように縋りつく。

全《すべ》てを終えたときには後悔《こうかい》と羞恥《しゅうち》が襲《おそ》ってくるだろう。そうとわかっていても、求めずにはいられなかった。

「お前が欲しいものは何だってやる」

頭を撫《な》でられて顔を上げると、視線が絡《から》み合う。高岡の瞳《ひとみ》にも獰猛《どうもう》な情欲《じょうよく》の火が再び灯《とも》っていた。

志季は初めて自分から口づける。高岡は一瞬、動揺《どうよう》を見せたけれど、それもすぐに消え去り、快楽の波に呑まれていった。

5

「……ん……?」

意識が浮上《ふじょう》する。今日は久々に深い眠りにつけた気がする。

すっきりとした覚醒《かくせい》を心地《ここち》よく感じながら、起床《きしょう》時間まで微睡《まどろ》んでいようと思った志季だったが、いつもとは違《ちが》う匂《にお》いとやけに固い枕《まくら》が気になり、ふっと目を開けた。

「!?」

思わず息を呑んだのは、目の前に高岡の顔があったからだ。驚《おどろ》きのあまり飛び起きそうになるのを必死に堪《こら》え、声が漏《も》れないよう自分の口を手で塞《ふさ》いだ。

いつもとは違う匂いと固い枕の理由がわかり、じわじわと羞恥が込み上げてくる。行為《こうい》のあと、裸《はだか》のまま眠ってしまったようで、お互《たが》いに何も身に着けていなかった。

(腕枕《うでまくら》で寝《ね》てたなんて……)

まるで、恋人《こいびと》同士のような朝を迎《むか》えた気恥《きは》ずかしさが居たたまれない。高岡を起こさないよう、そろそろと腕の中から抜け出す。

ベッドの下に落ちていた下着を穿《は》き、上に羽織るものを探す。ふと見下ろした自分の体には、赤い征服《せいふく》の印が点々と残っており、それがつけられたときの記憶《きおく》を蘇《よみがえ》らせた。

「……っ」

二度目のセックスはより刺激的《しげきてき》だった。

高岡の愛撫《あいぶ》は優《やさ》しくて、強引《ごういん》で、情熱的で――歯止めが利《き》かないという本人の言のとおり、獣《けもの》のように志季を貪《むさぼ》り、志季も同じように何度も高岡を求めてしまった。

昨夜は麻里亜に襲われかけた恐怖《きょうふ》を忘れたかったのもその一因だろう。高岡の体に触《ふ》れていると安心できる。それと同時にムラムラしてしまうのが困ったものだ。

(これじゃただのセフレじゃないか……)

交際を求める告白を拒《こば》んでおいて、体は重ねるなんて不誠実にも程《ほど》がある。

自分はもっと理性的で自制の利く人間だと思っていた。だけど、高岡に教えられた快感の前では、驚くほど脆弱《ぜいじゃく》で従順になってしまう。

まるで、『お預け』すらできない躾《しつけ》のなっていない犬のようだ。

「…………」

理性の飛んだ自分の行動を思い返して頭を抱《かか》える。

こんな状態ではゲイじゃないなんて云《い》っても信用がなさすぎる。彼の体に惹《ひ》かれていることは事実だ。

なら、彼自身のことはどう思っているのだろう？

好きか嫌《きら》いかで訊《き》かれたら、少なくとも嫌いではないとは云える。

色々あったとは云え、恩人だし、憧《あこが》れていた人だ。何だかんだ云っても好感は持っているとは思う。けれど、その気持ちがどんな種類のものなのかはよくわからなかった。

自分の気持ちがわからずに混乱していると、インターホンが鳴った。

「こんな時間に誰《だれ》だ……？」

宅配便が来るにしても、まだ早い。

慌《あわ》ててクローゼットから取り出した服を身に着け、下に降りていく。モニターを見ると、麻里亜と教授が連れ立ってやってきていた。

「え、教授⁉」

驚きのあまり、声が出てしまった。想定外の来客に面食《めんく》らいながらも、慌てて玄関《げんかん》を開ける。

「おはようございます、紀村教授。あの、今日はどういった……？」

昨日の麻里亜の行動を謝りに来たのだろうか。彼女が自らの非を教授に話したなんて信じられないことだが、実際にこうしてこの場にいるのだから告白したと考えるのが妥当《だとう》だろう。

「君と話をしに来たんだ。上がらせてもらってもいいかな」

「え、ええ」

麻里亜は恨《うら》みがましい顔で志季を睨《にら》みつけ、教授はいつになく厳しい顔をしていた。

「玄関先でする話ではないからな。失礼するよ」

「あ、はい。どうぞ……」

突然《とつぜん》のことに頭が回らず、二人を招き入れてしまう。嫌《いや》な予感はするものの、世話になった教授を無下に追い返すことなどできなかった。

リビングに二人を案内し、ソファを勧《すす》める。

「ええと、何か飲まれますか？」

「いや、けっこうだ。君も座ってくれないか？」

「あ、はい……」

重い空気に気圧《けお》され、志季もソファに腰《こし》を下ろす。紀村教授は苦い表情をしたまま、押し黙《だま》っている。その隣《となり》に座る麻里亜の表情からはあまり反省の色は感じられなかった。

(渋々《しぶしぶ》連れて来られたって雰囲気《ふんいき》でもないよな……)

気まずい空気に耐《た》えていると、やがて紀村教授が重々しく口を開いた。

「まさか、君があんなことをするとはな……」

「何の話ですか？」

責めるような口調で『あんなこと』と云われても心当たりがない。問い返すと、紀村教授は一層険しい顔つきになった。

「惚《とぼ》けるつもりか？　何もかも麻里亜から聞いているんだぞ。あんな真似《まね》をするくらいなら、どうして縁談《えんだん》を受けなかったんだ」

「は？」

やはり、意味がわからない。

麻里亜に迫《せま》られて嘔吐《おうと》したことは申し訳なく思っているけれど、教授の口振《くちぶ》りからするとそのことについてではなさそうだ。

「私は君に期待していたし、信頼《しんらい》していた。いや、いまも信じたいと思っている。突然私の下《もと》を去った上に、まさかこんな形で裏切られることになるなんて」

教授は悔《くや》しげな表情を浮《う》かべている。

「すみません、何のお話かよくわからないんですが……」

教授の云わんとしていることが理解できず、おずおずと問いかける。

「夏川くん。頼《たの》むからこれ以上、私を落胆《らくたん》させないでくれ」

「いや、でも本当にわからないんです。何のことをおっしゃってるんですか？」

志季が怪訝《けげん》な顔をしていると、それまで黙っていた麻里亜が声を上げた。

「昨日のことよ！　あたしに乱暴しようとしたじゃない！」

「はあ？」

身に覚えのない罪をなすりつけられ、間の抜《ぬ》けた声を出してしまった。

「惚けるのもいい加減にして！　相談をしに来たあたしに無理矢理《むりやり》迫って……」

麻里亜はハンカチに顔を埋《うず》め、啜《すす》り泣くような素振りを見せる。

「本来なら被害届《ひがいとどけ》を出して対処すべきことだが、君は私の部下だった男だ。心からの謝罪をしてくれるなら、話し合いですませたいと思ってやってきた。そのほうが娘《むすめ》もさらに傷つかずにすむ」

「ちょ、ちょっと待って下さい。俺はお嬢《じょう》さんを傷つけるようなことはしていません！」

むしろ、迫られ襲《おそ》われたのは志季のほうだ。自信満々だった彼女を拒んでプライドを傷つけたかもしれないけれど、こちらから迫ったなんてあり得ない。

「この期《ご》に及《およ》んで、責任逃《のが》れをしようと云うのか？　泣いて帰ってきた麻里亜の気持ちも考えろ！」

「いや、だから俺は――」

「志季くんのこと信じてたのに……ッ」

口々に投げつけられる志季を責める言葉で、状況《じょうきょう》が把握《はあく》できた。麻里亜が昨日拒まれた腹いせに父親に嘘《うそ》を吐《つ》き、志季を陥《おとしい》れに来たというわけだ。

（まさか、こんなことになるなんて……）

とにかく、紀村教授の誤解を解かなければ、本当に犯人扱《あつか》いされてしまう。父親としては、泣いている娘を見たら疑う余地はないだろう。

そういった意味では、麻里亜の演技力には目を瞠《みは》るものがあった。彼女こそ、自分の主張が偽《いつわ》りだとよく知っているはずだ。

「しらばっくれるつもりなら、警察に届けを出すしかない。正直に認めるなら、いましかないだろう」

「ですから……！」

紀村教授と嚙《か》み合わない会話をリビングで繰《く》り広げていると、高岡がおもむろにリビングへと入ってきた。

「あっ」

怪訝な顔をする紀村教授の横で、麻里亜が嫌そうな表情をしたことを見逃さなかった。

混乱していて思い至らなかったけれど、昨夜の志季が無実であることを証明する人物がいるではないか。

「勝手に話を聞かせてもらいましたが、被害者は志季のほうです。俺が証言します」

「何なんだ、君は」

突然の高岡の登場に、紀村教授が身構える。

「俺は高岡敦史と云います。志季の友人で、この近くで空手道場をやっています。身元に不安があるようでしたら、K大に問い合わせて下さい。そちらでコーチをしていますので」

「高岡……？　空手ってことはもしかしてあの『高岡敦史』なのか？」

「ご存じでしたか。話が早くて助かります」

有名人はこういうときに身分証明が早くていい。

高岡は志季の横にどっかりと座る。このまま話し合いに交じるつもりのようだ。麻里亜は想定外の証人が出てきたことに動揺《どうよう》したのか、さっきよりも声が大きくなった。

「あ…あなたも一緒《いっしょ》に乱暴しようとしたじゃない！　ごまかそうとしても無駄《むだ》よ！　この手首が証拠《しょうこ》なんだから!!」

昨夜、高岡が摑《つか》んだ手首を見せつける。そこには包帯が巻かれていて、一見痛々しい。

「あんたが志季を襲ってたからどかしただけだ」

「麻里亜、昨日は彼も一緒だったのか？」

「二人であたしを押さえつけて、酷《ひど》いことしようとしたの！」

「志季が迷惑《めいわく》してるのにセクハラしてたのはどこの誰だ？　あんたに迫られたせいで志季が吐《は》いてたのを、その目で見てるだろう。そんなやつが元気に誰かを襲えるわけないだろう」

「どういうことなんだ、麻里亜……」

紀村教授は完全に困惑《こんわく》している。少し前までは娘を全面的に信じていた様子だったが、高岡の冷静な反論に疑いの芽が出てきたようだ。

「そ、そんなの嘘よ！　パパ、あたしとこいつらどっちを信じるの？」

言葉の応酬《おうしゅう》では埒《らち》が明《あ》かない。

紀村教授の立場で考えれば、いくら揺《ゆ》れ動いたとしても、証拠がなければ娘の云《い》うことを信じるだろう。それが親としては、当然の判断だ。

このまま、やってもいない罪を押しつけられるのだとしたら、絶対に高岡を巻き込むわけにはいかない。

「彼は関係ありません。彼は俺を助けようとしてくれただけで、お嬢さんに乱暴なことをしようとしたわけじゃないんです！」

「あんたも黙ってなさいよ！」

「ま、麻里亜？」

だんだんと口汚《くちぎたな》くなってくる娘の姿に、紀村教授は面食《めんく》らっている。そんな彼に畳《たた》みかけるように、高岡が淡々《たんたん》と矛盾《むじゅん》を投げかける。

「考えてみて下さいよ。大体、自宅に押しかけておいて、そこで襲われたっておかしくないですか？」

「こんなやつの言葉にごまかされないで、パパ！　あたしはただ志季くんに相談に乗ってもらいたかっただけなの。まさか、あんな酷いことされるなんて思わなかったから……」

麻里亜は肩《かた》を上下させて啜り泣きのような仕草を始めるが、涙《なみだ》が一滴《いってき》も流れていないため嘘泣きなのはこちらには一目瞭然《いちもくりょうぜん》だ。

「それなら、どっちの云い分が正しいか見てみるか？」

「え？　何よそれ……」

「見てみるって？」

麻里亜と一緒に怪訝な顔をしてしまう。そんな志季に、高岡は呆《あき》れたような眼差《まなざ》しを向けた。

「おい、自分の家のセキュリティをこういうときに役立てなくてどうする。外に防犯カメラがついてるんだろ？」

「あっ」

云われるまで防犯カメラのことを忘れていた。

「家の中までは撮《と》れてないかもしれないが、音声は入ってるんじゃないのか？」

「入ってます！」

診療所《しんりょうじょ》の入り口と自宅玄関《げんかん》に、一つずつ防犯カメラを設置してある。患者《かんじゃ》とのトラブル回避《かいひ》の目的もあるため、会話が記録できるよう音声も録音されるようになっている。

高岡の云うように、玄関内のことまでは映っていないにしろ、麻里亜とのやりとりは記録されている可能性が高い。

物証があるとわかった麻里亜はそれまで以上に慌《あわ》て出した。

「そ、そんなの見るまでもないわよ！　っていうか、そんなの撮るなんてプライバシーの侵害《しんがい》じゃない!!」

「プライバシーって云っても、志季の家の敷地《しきち》内のことだからな。招かれたわけでもないのに押し入ってる時点で不法侵入《しんにゅう》だって昨日も云っただろう」

「うるさいわね！　いい加減、黙《だま》ってよ！」

麻里亜は高岡の指摘《してき》に激昂《げきこう》する。防犯カメラの映像を開示されたら、自分に不利だとわかっているのだ。

「麻里亜、録画を見せてもらったほうがいいんじゃないのか？　そのほうがはっきりするだろう。お前の云っていることが本当なら――」

「いいの！　見る必要なんてないわ、パパ。この家にあったものなんだから、いくらでも細工しようがあるじゃない」

「アホか。昨日の今日で、素人《しろうと》がそんな真似《まね》できるわけないだろう」

どんな理由をつけてでも、父親に自分の主張が出任せだったと知られたくないのだろう。

「あんたは黙ってなさいって云ってるでしょ！」

このままでは埒が明かない。騒《さわ》いでいる本人は無視して、紀村教授に実際にあったことを見てもらうしかない。

志季の情けない対応も知られてしまうけれど、冤罪《えんざい》を着せられることを考えたら、そんなことは気にしていられなかった。

「細工しているかどうかも見てから判断してもらっていいですか？　いま準備してきますので」

レコーダーは診療所に置いてある。過去の映像を上書きしながら録画していくタイプだが、昨夜の記録なら問題なく残っている。リビングで再生するにはＤＶＤに焼きつける必要があるけれど、そう時間はかからないだろう。

投げつけてきた。

「やめてよ！」

準備をするために立ち上がろうとしたら、麻里亜が甲高《かんだか》い声で叫《さけ》び、ソファのクッションを
「ま、麻里亜⁉」

娘《むすめ》の取った行動に、紀村教授はぎょっとしていた。

「何なの、あんたたち！　みんなしてあたしを悪者にして……っ、どうして意地悪ばっかりするのよ‼」

「いや、だってそれは……」

最初に謂《いわ》れもない罪を着せようとしてきたのは麻里亜だ。そもそも、接点を持とうとしたのは志季ではない。

「麻里亜、どういうことなんだ？　お前の云っていたことは嘘《うそ》だったのか？」

「だって、こいつはあたしがキスしようとしたら吐《は》いたのよ？　失礼にも程《ほど》があるでしょ⁉

あんまりな態度だから、ちょっと反省させたかったの‼」

「お前、それは本当のことなのか……？」

娘の逆ギレを耳にした教授は、こちら側の云い分が正しいとわかったようだ。青白い顔で唖《あ》然《ぜん》としている。

父親を味方につけたかったようだが、親バカというところ以外は常識人の彼には彼女の考え

は受け入れられなかったらしい。

「反省が必要なのはそっちだろ。こいつが強く出られない立場だってことを利用して迫《せま》った挙げ句、それが上手《うま》くいかなかったからって父親使って嫌《いや》がらせとはな。お前のやろうとしたことは人の道を外れている」

「うるさいわね！　あたしに恥《はじ》をかかせたあんたたちが悪いんじゃない！」

「何てことを――」

麻里亜は何を云われても反省する気はないようだ。真っ青な顔で自分を凝視《ぎょうし》している父親に、云い訳めいた言葉を云い捨てる。

「だって、このあたしに酷いことをしたんだから、このくらいの仕返ししたっていいでしょ」

開き直るような言葉が聞こえた次の瞬間《しゅんかん》、教授の平手打ちが飛んだ。派手な音に、思わず志季も体を竦《すく》める。

「いい加減にしなさい」

「パ、パパ？」

父親に手を上げられ、麻里亜はやっと黙り込む。

「すまない、夏川くん。私は娘の育て方を間違《まちが》えたようだ。お前もきちんと頭を下げろ」

「どうしてあたしが謝らなくちゃいけないの!?　あたしは悪くない！　せっかく目をかけてあげたのに何なのよ！」

「……っ」

こんなふうに悪意を真正面からぶつけられることに志季は慣れていない。

思惑《おもわく》どおりにいかず、彼女が苛立《いらだ》ってしまった気持ちは想像できなくもないが、ありもしないことをでっち上げてまで陥《おとしい》れようとする思考回路は理解できなかった。

「あんたさえいなければ上手くいったのに！」

麻里亜は次に高岡を標的にし、攻撃《こうげき》を始める。

「どこまでもおめでたい頭してんな。そんなわけないだろう。メールだって、あんなに送って志季に鬱陶《うっとう》しがられると思わなかったのか？」

「メール？　昨日の件だけじゃないのか？」

「毎日、何十通も送られてきていて困っていると、志季から相談を受けていました。あなたに相談したほうがいいと助言したんですが、恩師であるあなたに心労はかけたくないと」

「夏川くん、それは本当かね？」

「……ええ、まあ……」

教授の気持ちを考えると胸が痛い。

「娘さんはあなたの持ってくる見合い相手が不満だったそうですよ。その方たちよりは自分の条件に当てはまる志季のほうが都合がいい結婚《けっこん》相手だと思ったんでしょうね」

「ちょっと、パパに余計なこと云《い》わないでよ！　ていうか、何であんたがそんなこと知ってるわけ⁉」

ごまかすどころか、語るに落ちている。真偽《しんぎ》を確かめるまでもなく、自分から事実だと認めたようなものだ。

「相談を受けていたと云っただろ。あんたのしていたことはストーカーだ。勘違《かんちが》いも大概《たいがい》にしろ」

「なっ……」

「いいか。これ以上、こいつを傷つけるつもりなら、俺が黙ってない。覚悟《かくご》しとけ」

怒《いか》りを漲《みなぎ》らせた高岡の迫力《はくりょく》に、志季までが怯《ひる》んでしまう。

「な、何なのよ、あんた！ あっ、もしかしてホモなんじゃないの？ 彼のことが好きなんでしょ？ いいところ見せようってこと？ ホモならホモって早く云ってよ。触《さわ》っちゃったじゃない、気持ち悪いわね！」

少しの間静かだった麻里亜だが、我慢《がまん》していられなかったらしい。思いつくままに高岡を詰《なじ》る言葉を口にする。

興奮冷めやらない麻里亜に、紀村教授の顔色はどんどん悪くなっていく。

「いい加減、黙りなさい！ お前は自分が何をしでかしたのかまだ理解してないのか⁉」

麻里亜の罵倒《ばとう》に、紀村教授が声を荒《あら》らげた。研修医や部下を叱《しか》るときでさえ静かに云い聞かせるような人なのにと志季は目を瞠《みは》った。

しかし、麻里亜は自分が叱られることに納得《なっとく》がいかないらしい。

「あ、あたしだってちょっとは悪かったかもしれないけど、この人たちがあたしに失礼な態度を取ったのがいけないんじゃない。どうしてあたしが責められなくちゃいけないの？」

「麻里亜！」

麻里亜が悪態を吐《つ》いた瞬間、教授が頭を押さえつけ、無理矢理《むりやり》頭を下げさせた。

「きゃっ、何するの！　痛いでしょ、パパ！」

「夏川くん、このたびは本当にすまなかった。君の話も聞かず、一方的に責めてしまって申し訳なかった」

「いえ、教授は悪くありません。親心として、当然のことです」

彼女自身には迷惑《めいわく》させられたけれど、娘の幸せを願う父親としての行動は理解できる。むしろ、羨《うらや》ましくさえ感じた。

「この詫《わ》びは改めてさせてくれ。今日のところは失礼させてもらうよ。私は子育てに失敗したようだ。一人娘だからと甘やかしすぎてしまった」

教授は志季にあらぬ疑いをかけてしまったことを平謝りし、改めて詫びに来ると云いながら娘を引き摺《ず》って出ていった。

嵐《あらし》が過ぎ去り、体から力が抜《ぬ》ける。精神的ショックが抜けきらず、呆然《ぼうぜん》としてしまう。昨日も相当の修羅場《しゅらば》だったけれど、今日も大概だった。

（つ……疲《つか》れた……）

放心していた志季は背中をポンと叩《たた》かれ、我に返る。

「誤解が解けてよかったな」

「はい……。面倒《めんどう》ばかりかけてすみませんでした」

「こういうのはお互《たが》い様《さま》だろ。それにいまのは彼女が自爆《じばく》してくれたから助かったんだ。俺は何もしていない」

「いえ、俺一人だったらきちんと反論できたかどうか……。防犯カメラの録画のことも思い出せなかっただろうし、いてくれて助かりました。ありがとうございます」

「役に立てたならよかった」

高岡がいなかったら、いま頃《ごろ》どうなっていたかわからない。紀村教授の誤解が解けないまま無実の罪をなすりつけられ、本当に警察を呼ばれて逮捕《たいほ》されていたかもしれない。

あり得たかもしれない最悪の事態を考えたら、いまになって背筋が震《ふる》えた。

「そんなに不安そうな顔をするな。心配しなくても、これからもお前のことは俺が守るから安心しろ」

「気持ちはありがたいですけど、俺も男ですから。あなたを頼《たよ》ってばかりじゃ、格好がつきません。もっと強くなれるように頑張《がんば》ります」

いくらトラウマがあると云っても、いつまでも逃《に》げてはいられない。立ち向かうまではいかなくても、自衛できるようにならなくてはと反省する。

「そうか」

「乗り越《こ》えるまで時間がかかるかもしれませんけど……」

二十年近く、目を逸《そ》らし続けたのだ。そう簡単にはいかないだろうけれど、前を向いていくしかない。

「お前なら大丈夫《だいじょうぶ》だ」

「はい」

思わず見つめ合ってしまい、妙《みょう》なムードになってきていることに気づき、我に返る。

「あ、あの、今日はお休みなんですか？」

結局、昨夜は食事抜きになってしまった。朝から鍋《なべ》というわけにはいかないが、朝食くらい用意しなくては。

「もう少しついていてやりたいんだが、俺はもう行かないとならない。今日は子供たちの試合なんだ」

「えっ、すみません、そんな大事な日に！」

麻里亜の件がなかったら、ゆっくり朝食を摂《と》って送り出せたのだろうが、突然《とつぜん》の話し合いに時間を取られてしまった。

「時間はまだだから心配ない。けど、お前は一人でも大丈夫か？」

「子供じゃないんですから、大丈夫に決まってるでしょう」

「終わったらすぐに来るようにする」

「だから、一人で大丈夫ですって。もう彼女もここに来ることはないでしょうし」

メール攻撃もこれで止《や》むに違いない。昨日、今日と怒濤《どとう》のようではあったけれど、一気に問題解決に至ったことは幸いだ。

「警戒《けいかい》するに越したことはないだろう。あの突拍子《とっぴょうし》のなさじゃ、行動が読めない。万が一ってこともあるからな。何かあったらすぐ連絡《れんらく》するんだぞ」

「あんまり脅《おど》さないで下さい」

「ああ、そうだ。戸締《とじ》まりも忘れるなよ」

「そんなの、あなたに云われるまでもありません」

「その様子なら大丈夫そうだな。また来る。明日《あした》は用事があるけど、明後日《あさって》も顔出すよ。そのとき、ちゃんと話をしよう」

志季の受け答えに高岡は微笑《ほほえ》み、いつものように頭を撫《な》でて帰っていく。残された志季はドキドキしている自分に戸惑《とまど》うばかりだった。

6

「――先生！」

「は、はい！」

活を入れるような呼びかけで、反射的に背筋《の》が伸びた。

聡子の気遣《きづか》わしげな視線に、まだ診療《しんりょう》時間だということを思い出す。

「ちょっと、志季くん。今日は朝からずっとぼーっとしてるじゃない。具合でも悪いの？」

聡子は声を潜《ひそ》めて体調を訊《たず》ねてくる。心配されるほどぼんやりとしていたとわかり、バツが悪くなる。

「だ、大丈夫です」

「少し隈《くま》があるわねえ。ちゃんと眠《ねむ》れてる？」

「ええ、まあ……」

聡子の問いには曖昧《あいまい》に返したけれど、高岡のことばかり考えていたせいで、昨日はあまりよく眠れなかった。

彼のことは頭から無理矢理追い出し朝から診察をしていたけれど、時間ができると彼の顔ばかり浮《う》かんでしまう。

（重症《じゅうしょう》だな……）

高岡は約束どおり、昨日は夕方に顔を出してくれた。志季の顔色を確認《かくにん》すると、食欲《しょくよく》がないだろうと云《い》って持ってきてくれた果物を置いて帰っていった。

確かに食欲はあまりない。だけど、その原因は高岡の考えているようなものではない。彼の持ってきてくれたイチゴは甘酸《あまず》っぱくて、まるで志季の気持ちそのもののようだった。

トラウマを克服《こくふく》するために、自分自身とも向き合うことになった。そして、志季は自分の中にある感情に気がついた。

もうこれ以上、自分をごまかし続けるのは難しい。いつの間にか、引き返せないくらい高岡に惹《ひ》かれていたことを認めざるを得なくなった。

目を逸らしていたのは、過去の自分への意地があったのだろう。両親とは違う幸せな家庭を築きたい。そのためには男の高岡を好きだと認めたくなかったのだ。

（いまさらすぎるだろ……）

体の関係もあるのに、本当にいまさらすぎる。高岡にどんな顔をして会えばいいのだろう。

「先生、次の方いいですか？」

看護師の顔で聡子に問われ、背筋を伸ばす。

「あ、はい。お願いします」

「御木本《みきもと》浩美さん、診察室にどうぞ」

浩美という名前にドキリとする。まさか、高岡の知人では——と思ったが、入ってきたのは男性だった。

(男なら違うよな……?)

吊《つる》しのスーツのようだが、長身でがっちりとした体格のお陰《かげ》でやけに見栄《みば》えがいい。高岡ほどとは云わないが、日常的に鍛《きた》えているだろう体つきだ。問診票には公務員とあるから、プライベートで鍛えているのかもしれない。

「どうぞおかけ下さい」

「失礼します」

「御木本さんは今日が初診ですね」

「はい、よろしくお願いします」

志季の前の丸椅子《まるいす》に腰《こし》かけた患者《かんじゃ》の顔を見る。甘く整った顔立ちと緩《ゆる》いウェーブのかかった明るい髪色《かみいろ》が目を引く。

身に着けているのがもっと派手なスーツだったら、ホストと云われても信じてしまいそうな端整《たんせい》さだ。

「今日はどうしましたか?」

「ちょっと突《つ》き指《ゆび》しちゃって。一応、市販《しはん》の湿布《しっぷ》を貼《は》っておいたんですけど、腫《は》れてきちゃったんで」

御木本は自ら湿布を剝《は》がし、患部《かんぶ》を見せる。

「ああ、本当だ。腫れて赤くなってますね。ちょっと失礼します」

触診《しょくしん》をし、骨折や脱臼《だっきゅう》をしていないかの確認をする。幸い、軽い突き指だったようで、それらの異常は見受けられなかった。

「応急処置がよかったみたいですね。テーピングをしておきますので、痛みが引くまで動かさないようにして下さい」

「わかりました。気をつけます」

「何かスポーツでも？」

「柔道《じゅうどう》の稽古《けいこ》中にうっかりしました」

もしかして高岡道場の門下生だろうかと思ったけれど、柔道なら接点はなさそうだ。

何でもかんでも高岡に結びつけようとしてしまうのは、彼を意識しているせいだろう。考えすぎてしまう自分を反省する。

「先生の名前、志季って云うんですよね？」

いきなり下の名を呼び捨てにされ、ドキリとする。自分の名前は新しくした看板に記されているから、知っていても不思議はない。

だけど、わざわざ確認してくるということは何かしらの意図があるということだ。

「ええ、それが何か？」

「最近、高岡敦史ってのがここによく来てるでしょ」

「どうしてそれを——」

唐突《とうとつ》な問いかけに面食《めんく》らう。高岡の名前が出るということは、『浩美』というのはこの御木本のことなのだろうか。

女性だとばかり思っていたけれど、男性ではないという確証があったわけではない。名前の響《ひび》きから勝手に思い込んでいただけだ。

「俺のセンサーもまだまだイケるな」

何を納得《なっとく》しているのかわからないが、御木本は一人で満足そうにしている。しかし、志季のほうは狐《きつね》に抓《つま》まれたような気持ちのままだ。

「あの、高岡さんとはどういった関係の方ですか？」

「そうですね。敢《あ》えて云うなら、お互《たが》いのホクロの数を知ってるような仲……かな」

「！」

思わせぶりな物云いに息を呑《の》む。よく考えたら、バイの高岡には性別は関係ない。そもそも志季を口説いているのだから、同性のほうが指向に合っているのかもしれない。

つまり、彼が高岡の恋人《こいびと》だとしても何らおかしくはないのだ。御木本は志季の顔をしげしげと眺《なが》めながら云う。

「あいつが骨抜《ほねぬ》きになってるのもわかるなあ。こんな美人がこの町内にいたなんて全然知りませんでした」

「……何が云いたいんですか？」

警戒《けいかい》し、身構えた志季に無邪気《むじゃき》な笑《え》みを向けてくる。

「敦史とつき合ってるんですか？」

「つ、つき合ってませんよ！」

ストレートすぎる問いを反射的に否定してしまった。聡子に聞かれでもしたらとドキリとしたけれど、幸いなことにいま彼女は席を外していた。

きっと、受けつけ終了《しゅうりょう》の札を表に出しに行っているのだろう。事務員のいる受けつけには、診察室の声は聞こえない。

「へえ、意外と甲斐性《かいしょう》なしだな、あいつ。もっと強引《ごういん》にいってるかと思ったのに」

「…………」

彼からは「つき合ってくれ」と云われているし、志季自身も少しずつ自分の気持ちを認め始めているけれど、交際しているわけではない。

(二回もしちゃったけど……)

体を重ねはしたけれど、あれは雰囲気《ふんいき》に流されただけだ。恋人として抱《だ》き合ったわけではない。だが、いつまでもこんな中途半端《ちゅうとはんぱ》な関係を続けているわけにはいかない。

体だけの関係でもいいと高岡は云っていたけれど、志季にはケジメをつける義務がある。

「じゃあ、あいつのこと好きじゃないんだ？」

「そんなこと――」

途中で答えを呑み込む。高岡への気持ちを初対面の男へ告げる義理は一つもないのだと気がついたからだ。それに、まるで取り調べのような追及《ついきゅう》が不愉快《ふゆかい》だった。

こんなふうに牽制《けんせい》してくるということは御木本は高岡のことが好きなのだろう。そう思ったら、ちりちりと胸が焦《こ》げつくようだった。

「話をしたら、もっと先生のこと知りたくなりました。よかったら一緒《いっしょ》に食事でもどうですか？」

御木本の誘《さそ》いの意図がわからない。彼らの仲を志季に思い知らせたいのだろうか。

そんなことされなくたって、高岡と御木本が親しく気心の知れた間柄《あいだがら》だということくらいわかる。

「患者さんとはプライベートでつき合うつもりはありません。お大事になさって下さい」

硬《かた》い声で送り出す。

「身持ちが堅《かた》いな。まあ、いきなり云われても困りますよね。また来ます、志季先生」

「――」

御木本が出ていったあとの診察室《しんさつしつ》で小さくため息を吐《つ》く。大人げない態度を取ってしまった自分を反省する。

本当に御木本は何のつもりだったのだろう。

高岡は二股《ふたまた》をかけるような不誠実な男ではない。けれど、マメに連絡《れんらく》を取り合っていたことを考えても、親しくしていることは間違《まちが》いない。

(元彼……?)

さっきの御木本の様子から推測し、一つの可能性に思い至る。

元彼ならもう関係ないじゃないかと思うが、あんなふうな牽制をしに来たということは彼が高岡のことをまだ好きだということだ。

高岡は志季のことを好きだと云《い》っている。だったら、御木本のことを気にする必要なんてない。だけど、人の心は揺《ゆ》れ動くものだ。

彼に対して酷《ひど》い態度を取ってしまったり、面倒《めんどう》をかけている自分に愛想《あいそ》を尽《つ》かすことだってある。

(……うざい)

ぐるぐると考え込んでいた自分にうんざりする。自分の気持ちすら持て余しているというのに、他人の心の内など考えたって答えなど出るわけがない。

答えを知りたければ、本人に訊《き》くことだ。それが一番確実な方法だ。

「本人に、か……」

ぽつりと呟《つぶや》く。簡単だけど、覚悟《かくご》がいる。だけど、そろそろその覚悟を決めなければならないのかもしれない。

とりあえず、高岡に会いに行くことにした。明日になれば訪ねてきてくれることになっているけれど、迷いが生まれる前に会っておきたかった。まだ何を云うべきか結論は決まっていなくとも、顔を見れば心も決まるはずだ。

道場の場所はわかっている。彼が帰っていなかったら、待っていればいい。善は急げとばかりにコートを羽織る時間も惜《お》しんで自宅をあとにする。

「…………」

マフラーを巻いたあと、一旦《いったん》取り出した携帯電話《けいたいでんわ》をしまい直す。連絡を入れようとしてやめたのは、会おうという気持ちが怯《ひる》みそうだったからだ。

「どこ行くのよ」

「!?」

診療所《しんりょうじょ》の戸締《とじ》まりを確認《かくにん》し、高岡のところへ行こうとした志季の行く手を封《ふう》じたのは麻里亜だった。

いつもの完璧《かんぺき》なメイクは崩《くず》れ、髪《かみ》もぼさぼさで見る影《かげ》もなくなっている。どうやら、志季の志季に文句を云いに来たのだ。

「あたしは家に閉じ込められてたっていうのに、いい気なものね」

麻里亜は紀村教授が家に連れ帰ったはずだが、目を盗《ぬす》んで抜《ぬ》け出してきたのだろう。きっと、ことを待ち伏《ぶ》せしていたらしい。

「――」

「どうしてあたしがあんな田舎《いなか》で働かなくちゃいけないのよ！　パパにはスマホもカードも取り上げられちゃうし、お小遣《こづか》いだって一円もなくなっちゃったんだから！」

麻里亜の言葉から推察するに、紀村教授は娘《むすめ》にキツいお灸《きゅう》を据《す》えることにしたらしい。これまで花嫁修業《はなよめしゅぎょう》と称《しょう》して遊び歩いていた彼女には、絶望的な決定事項《じこう》だったのだろう。

「あんたが大人しくあたしと結婚《けっこん》してればみんな幸せだったのに、何で邪魔《じゃま》すんのよ!?」

「あなたの考えた幸せは、あなたのことも幸せにしません。そんな身勝手な考えで、この先もやっていけると思ってるんですか？」

「うるさいわね！　あたしに偉《えら》そうに説教しないでよ！」

憤《いきどお》るということは痛いところを突《つ》かれたと感じているからだ。都合の悪い真実を指摘《してき》されれば、誰《だれ》だって面白《おもしろ》くない。

責任転嫁《てんか》した恨《うら》み節《ぶし》を吐《は》き出したあと、麻里亜はブランドバッグから刃物《はもの》を取り出した。

「全部全部あんたのせいよ!!」

「……っ」

キッチンから持ち出した包丁だろうか。刃物を向けられ、逆に頭が冷えた。彼女の精神はいま常軌《じょうき》を逸《いっ》している。

（どうすればいい？）

大声を出して助けを呼ぶことも考えた。けれど、声が届く範囲《はんい》に住んでいるのはお年寄りばかりだ。危険に巻き込むわけにはいかない。

彼女の前で携帯電話を出そうものなら、さらに激昂《げきこう》するだろう。

「バカなことはやめて下さい」

一応、説得を試みるが、麻里亜は当然聞く耳を持たなかった。

「もう死んだほうがまだマシよ！　でも、一人じゃ嫌《いや》……。だから、あんたにも責任取ってもらうことにしたの」

「――――」

後退しているうちに植え込みに足がぶつかる。気がついたら追い詰《つ》められてしまっていた。

（……しまった）

言葉が通じない以上、この危機から抜け出すには、麻里亜を自分で取り押さえるしかない。

触《ふ》れられないなどと甘いことを云っている場合ではない。

「麻里亜さん。俺は死ぬ気はありませんし、あなたを死なせるつもりもありません」

「綺麗《きれい》ごとはもうたくさんなのよ……！」

「……っ」

髪を振《ふ》り乱して迫《せま》りくる麻里亜に、腕《うで》にかけていたコートを投げつける。

「きゃっ⁉」

チャンスは一度きりだったけれど、思った以上に上手《うま》くいった。コートで視界を奪《うば》われた麻里亜の背後に回り、包丁をその手から叩《たた》き落とす。そして、彼女を羽交《はが》い締《じ》めにした。

「紀村教授を悲しませるようなことはもうやめて下さい。教授はあなたの嘘《うそ》だって、信じてくれてたじゃないですか」

「あたしに説教しないでよ！」

「あ……ッ」

手の甲《こう》に爪《つめ》を立てられ、拘束《こうそく》が緩《ゆる》んでしまう。その弾《はず》みに暴れられ、逃《に》げられてしまった。麻里亜はそのまま地面に落ちた包丁に手を伸《の》ばす。

包丁を奪うべきか、逃げるべきか。その迷いがまずかった。次の瞬間《しゅんかん》、振り向いた麻里亜の手には包丁が握《にぎ》られていた。

「！」

逃げる時間はもうない。振りかぶられた刃先から顔を庇《かば》おうと、反射的に腕を上げる。痛みを覚悟したけれど、何故《なぜ》か麻里亜の悲鳴が聞こえてきた。

「きゃあっ」

「え？」

腕を下ろすと、そこに麻里亜の姿はなかった。左右を確認し、植え込みに倒《たお》れ込んだ麻里亜と、蹴《け》りの形に足を上げている高岡が目に飛び込んでくる。

「え？　え……？」

「志季、そのマフラー借りていいか？」

「あ、はい、どうぞ」

高岡は志季からマフラーを受け取ると、痛みに呻《うめ》いている麻里亜の腕を縛《しば》り上げる。取り押さえられた彼女は意味不明なことを喚《わめ》いている。

けれど、その内容よりも高岡がこの場にいることのほうが志季にとっては重要だった。

「どうして……」

どうしていつもこの人は、自分のピンチに駆《か》けつけてくれるのだろう。

「大丈夫《だいじょうぶ》だったか、志季」

「は、はい」

「よかった。間に合って」

振り返って見上げてきた高岡のほっとしたような笑顔《えがお》に、ぎゅうっと胸を締めつけられる。

恋《こい》が叶《かな》おうが破れようが、どっちでもいい。自分は間違いなくこの人が好きなのだと、痛いほどにわかってしまった。

麻里亜は警察に引き取られることになった。驚《おどろ》いたのは、そのときやってきた警察官の中にさっきの御木本の姿があったことだ。問診票《もんしんひょう》の職業欄《らん》に公務員と書いてあったけれど、警察関係者だったのは意外だった。管轄《かんかつ》は違《ちが》うようだが、高岡からの通報ということで同行してくれたらしい。

「じゃあ、あとは頼《たの》む」

「おう、任せとけ。先生には後日詳《くわ》しく話を聞かせてもらいますので、そのときはよろしくお願いします」

「は、はい」

パトカーに押し込まれた麻里亜はさすがに大人しかった。乱れた髪とふてくされた顔で押し黙《だま》っている。

紀村教授には警察のほうから連絡《れんらく》してもらうことにした。これ以上、彼に頭を下げられるのは胸が痛い。彼女の横暴さは教授が甘やかしたツケなのだとしても、三十歳をすぎた大人なら自分自身で責任を取るべきだ。

警察が去ると、騒《さわ》ぎに集まってきていた野次馬も散っていき、辺りにはいつもどおりの静けさが戻《もど》ってくる。

明日の診察《しんさつ》は何があったのか訊《き》きに来る患者《かんじゃ》が多いだろう。興味津々《きょうみしんしん》の患者の質問責めを想像して、いまから辟易《へきえき》していたら、背後から肩《かた》をポンと叩かれた。

「お疲《つか》れ」

「あ、いえ……」

気がついたら、高岡と二人きりになっていた。はっきり云《い》って居たたまれない。気まずさをごまかすために、思いついた言葉を口にする。

「あ、そうだ。すき焼き食べていきますか？」

「それはまた今度にしよう」

高岡の返事に、さすがにそんな気分にはなれないと思い直す。いますぐには、食欲《しょくよく》は湧《わ》いてきそうにない。

「あの、お茶を淹《い》れますから寄っていって下さい」

「じゃあ、一杯《いっぱい》だけご馳走《ちそう》になろうかな」

自分でも必死だと思ったけれど、今日はこのまま別れたくなかった。高岡を自宅に招き入れ、お茶の仕度《したく》を始める。

いつもと同じ手順のはずなのに、やけに緊張《きんちょう》するのは自分の気持ちを自覚したからだろう。

「あの、どうしてウチに来たんですか？　今日は来る予定なかったですよね？」

湯飲みを用意しながら、さりげなく問いかける。

「浩美からお前に会ってきたってメールが来て、いてもたってもいられなくなって出先から飛んできたんだよ」

「……っ」

高岡の口から御木本の名前を聞くと、胸がざわつく。

「想定外の事態だったが、間に合ってよかった」

「あの、浩美って御木本さんのことですよね？　あの人と俺が会うと何か都合が悪いことでもあるんですか？」

「いや、都合というか、心配というか……」

いつもは明快な物云いの高岡だが、いまはどうにも歯切れが悪い。志季に告げにくい何かがあるのだろうか。

「何なんですか？　はっきり云って下さい」

「一つ確認《かくにん》しておきたいんだが、あいつに口説かれたりしてないだろうな？」

「そういうのはありませんでしたけど……」

「けど？」

今度は高岡のほうが、志季の言葉尻《ことばじり》を捉《とら》えて追及《ついきゅう》してくる。何と云えば語弊《ごへい》がないかと言葉を探す。

「牽制《けんせい》されたのかな、って……」

診察室での彼の態度は、その表現が一番相応《ふさわ》しいような気がした。御木本は志季に対し、高岡への気持ちを確認してきた。友人の相手の品定めにしては、追及が厳しいように感じた。

自分が高岡に相応しい人間かどうかはわからない。だとしても、彼を好きだという気持ちは本物だ。

「何に対しての牽制だ？」

「だって、御木本さんは高岡さんを好きなんですよね？」

「――あいつが俺を？」

志季の問いかけを頭の中で反芻《はんすう》していたのか、高岡はしばしの沈黙《ちんもく》のあと問い返してきた。とくに難しい云い回しではなかったとは思うのだが、何かわかりにくかっただろうか。

「はい」

「それはない。絶対にあり得ない」

ものすごく嫌《いや》そうな顔で力強く否定される。

「でも、何か色々云われましたけど」

「それは志季に探《さぐ》りを入れてたんだろ」

「どうしてですか？」

志季の問いかけに、高岡は虚《きょ》を突《つ》かれたような顔になった。

「どうしてって……そりゃ、お前に興味を持ったからだろう」

「だから、その理由がわからないんです。高岡さんを好きだから、じゃないんですか？」

「前に悪友の話をしただろ？　あいつは俺の幼なじみなんだ。昔はウチの道場に通ってた。警官になりたいからって、高校からは柔道《じゅうどう》に転向したけどな。俺が惚《ほ》れた相手の顔を見たかったんだろう」

「はあ……」

「あいつとは好みが似てるんだ。志季を見て、ちょっかいかけようと思ったんだろうな。まったく、何で俺があいつの行動の意図を説明しなくちゃいけないんだ。とにかく、恋愛《れんあい》関係にだけは死んでもならないって誓《ちか》える。浩美とそんなことになるくらいなら死んだほうがマシだ」

声の調子から、高岡の言葉に偽《いつわ》りはないように感じた。しかし、彼の云うことを信じるとなると、気になることが一つある。

「あの、あの人に俺のことはどんなふうに伝えてあるんですか？」

「云っておくが、俺から話したわけじゃないからな。俺が最近機嫌《きげん》がいいから、周りに探りを入れられたんだ。それで志季のことがバレた」

「機嫌がいいって……」

「自覚していた以上に浮《うわ》ついていたらしい。まあ、今日はあいつのお陰《かげ》で志季のピンチを助けられたんだから、そのことには感謝しておかないとな」

本人には絶対に云わないがな、と苦笑いしながらつけ加える。悪友と云いつつも、いい友人なのだろう。気の置けない関係は少し羨《うらや》ましく感じる。

「お前が怪我《けが》しなくて本当によかった」

「……っ」

見つめてくる穏《おだ》やかな眼差《まなざ》しに胸が詰《つ》まる。

自分から好きだなんて云うのはいまさらすぎるのではないだろうか。この期《ご》に及《およ》んで、そんな不安が込み上げてきた。

高岡の顔を見れば心も決まるだろうと思っていたけれど、いざ目の前にすると及び腰《ごし》になってしまう。

(自分の気持ちを云うって決めただろ)

自らを叱咤《しった》するけれど、なかなか勇気が出ない。これまで彼を拒《こば》んできた自分の意地が邪魔《じゃま》をしているのかもしれない。

何を告げたって、高岡は笑ったりはしないだろう。そうとわかっていても、緊張で口の中が乾《かわ》いてくる。

「どうした、志季？」

「――――」

云いたいことはいっぱいある。なのに、上手《うま》く言葉が出てこない。だけど、黙り込んでいる志季に高岡は何か感づいたようだった。

「志季、そろそろ『返事』を訊いてもいいか？」

「……っ」

結局、高岡に切り出させてしまった。自らの不甲斐《ふがい》なさを噛《か》みしめながら、志季は頭の中で言葉を慎重《しんちょう》に選ぶ。

「……あんなふうに始まったのは、やっぱり間違《まちが》ってると思います」

「そうだな」

「一昨日《おととい》のこともよくなかったと思ってます」

「俺に抱《だ》かれたことを後悔《こうかい》してるのか？」

高岡の問いに対し、志季は首を横に振《ふ》った。

「後悔はしてません。でも、順番が違ってたことは反省してます」

なかなか素直《すなお》になれなかったけれど、志季が望んだからこそああいう関係になったのだ。丁《てい》寧《ねい》に告げようとすればするほど、明確な言葉が出てこない。

「だから、その、俺はあなたじゃないとダメみたいっていうか……」

「志季」

「あっ」

困ったような笑いを含《ふく》んだ声に名前を呼ばれ、前置きもなしに抱きしめられた。

「そういうときは『好き』って云《い》えばいいんだよ」

「……ッ」

耳元で教えられた言葉に、小さく息を呑《の》む。その二文字を口にするのが、簡単ではないから苦労しているのだ。

「ていうか、お前は昔から俺のことが好きだったろ？」

「……ご、ご想像にお任せします」

高岡の云うように、昔助けられたあのときに恋《こい》に落ちていたのかもしれない。だけど、本人に指摘《してき》されるのは恥《は》ずかしいし、好きだと認めるのも悔《くや》しい気がする。

「そんなこと云うと、都合のいい想像をするぞ」

志季は言葉で返す代わりに高岡の背中に腕《うで》を回す。抱き合っている幸福感に浸《ひた》っていた志季だったが、自分の体の変化に落ち着かない気持ちになってきた。

「………」

変化が起こっているのは志季だけではなかった。腰《こし》の辺りに硬《かた》いものを感じる。高岡も同じような感触《かんしょく》が足に当たっていることに気づいているだろう。

「……男の体は即物的《そくぶつてき》で困るな」

「まあ、そういうふうにできてますし……」

高岡の体に触《ふ》れていると欲情《よくじょう》してしまう。理性ではコントロールが利《き》かない。いつか慣れる日は来るのだろうか。

「その、昨日の今日で辛《つら》くないか？」

正確には一昨日の夜のことだが、空が白み始める時間まで睦《むつ》み合っていたため、志季の体力の回復を危惧《きぐ》しているのだろう。

「……むしろ、放っておかれるほうが辛いです」

疲労《ひろう》は抜《ぬ》けきっていないかもしれないけど、その気になってしまった体を鎮《しず》めるのは難しい。

「しかし、無理をさせることにならないか？」

「い、いいからあなたのものにして下さい」

煮《に》えきらない態度に焦《じ》れ、思いきって訴《うった》える。口にしてから恥ずかしさで死にそうになったけれど、もう取り戻《もど》せない。

高岡はごくりと喉《のど》を鳴らし、低い声で「わかった」と告げた。

志季は手を引かれて自分の部屋に連れていかれた。

「ん、ふっ……」

部屋に入った途端《とたん》、抱き込まれて唇《くちびる》を奪《うば》われた。志季からも首に腕を回し、高岡の頭を引き寄せる。

背伸《せの》びをして、自ら舌を絡《から》める。キツく吸い上げられ、舌のつけ根がジンと甘く痺《しび》れる。口づけを交《か》わしながら、二人でベッドに倒《たお》れ込む。

高岡の上に乗り上がり、さらに唇を貪《むさぼ》る。今日の志季は一昨日以上に発情していた。

「……今日は俺がします」

上に乗ったまま、そう宣言する。

「本気か？」

「黙《だま》ってて下さい」

何度も念を押されると決意が鈍《にぶ》りかねない。高岡を黙らせるために、服を脱がしにかかる。上着を剥ぎ取り、次にベルトに手をかけた。

そして、覚束《おぼつか》ない手つきで留め金を外す。ファスナーを下ろす指先も緊張《きんちょう》で震《ふる》えた。

「………」

唾《つば》を飲み込み、思いきって下着のウエスト部分を引き下ろし、中から昂《たか》ぶりを引っ張り出した。すでに兆《きざ》し始めていたそれは、熱を持って力強く脈打っていた。

改めて目の当《ま》たりにする存在感に息を呑む。医師ではあるが専門ではないため、こんなふうに同性の性器に触《ふ》れることは初めてだ。こんなものを自分の中に受け入れたのかと思うと、目《め》眩《まい》がする。再度喉を鳴らしつつ、そっと指を滑《すべ》らせた。

「……っ」

自分の手の中に好きな人の欲望《よくぼう》があると思うと、それだけで興奮した。触れた部分から伝わってくる体温や感触は刺激的《しげきてき》だった。

「あの……どう、ですか？」

「気持ちいい。欲を云えば、もっと強くしてもらいたい」

「こ、こうですか？」

屹立《きつりつ》を握《にぎ》り込む手に力を込め、強めに擦《こす》る。あまり強くしすぎると痛いのではと思い、力の加減が難しい。

「悪くないが、そうだな……こうすれば手っ取り早い」

「あっ……」

高岡は魔法のような手際のよさで志季を裸に剝き、自分のズボンや下着も潔く脱ぎ捨てた。

「一緒《いっしょ》にしたほうが気持ちいいだろう？」

「ああっ、う、あ……っ」

緩く勃ち上がった志季の昂ぶりと高岡のそれをまとめて握り込まれ、大きく扱《しご》かれる。指の刺激も気持ちいいけれど、昂ぶり同士が擦れ合う感触が強烈《きょうれつ》だった。

「志季、あれを取ってくれ」

「あ、はい」

深く考えずに軟膏《なんこう》の容器を手渡《てわた》すと、高岡は指でたっぷりと中身を掬《すく》う。そして、それを二人の屹立に塗《ぬ》りつけた。

「ひゃっ」

「どうだ？」

「や、あ、あ、あ……っ」

ぬるぬるとした感触に、快感が増す。やがて体温で蕩《とろ》け、ぬちぬちという音を立て始める。

自分が上にいるにも拘《かか》わらず、主導権は高岡に握られていた。

「一緒にと云ったろ？」

「あ……っ」

手を引っ張られ、重なり合った昂ぶりを握り込まされる。そして、大きな手をその上に重ねられ、強引《ごういん》に上下に動かされた。

「あっ、ぁん、ああっ」

自分の指が予想できない動きをする感触に戸惑《とまど》い、あっという間に高まっていく。しつこいくらいに扱かれ、やがて二人で白濁《はくだく》を散らした。

「あー……っ」

志季は絶頂にぐったりし、高岡の上に倒れ込んだ。

目眩がするような快感の余韻に浸りながら肩を上下させていると、剝き出しにされた尻の合間に冷たいものを塗りつけられる。

「ん!?」

ぬるつく感触に反射的に体を起こそうとしたけれど、高岡に押さえ込まれた。

「いいから、大人しくしてろ」

「な、何?」

ぬるりとした指に足の間を探《さぐ》られたかと思うと、窄《すぼ》まりにぐっと指を押し込まれる。

「やっ……!?」

志季の体は高岡を覚え込んだようだ。二度目のときよりもすんなりと異物を受け入れる。

狭《せま》い入り口を揉《も》み解《ほぐ》され、上擦《うわず》った声が出てしまう。抜き差しを繰《く》り返され、やがて中を掻《か》き回す指を二本に増やされた。

「あ、ん、んん……っ」

高岡の胸に縋《すが》りつき、後ろを掻き回される感覚を堪《た》え忍《しの》ぶ。

「ひぁっ、ア、ああ……っ」

ぐりっと内壁《ないへき》を押し込まれ、再び軽く達してしまった。びくびくと震える体を持て余し、高岡の腕に爪《つめ》を立てる。

「——志季、入れていいか?」

「……ッ」

掠《かす》れた問いかけに、彼が入り込んできたときの感覚を想像して喉を鳴らす。

「自分でできるか？」

「え⁉」

「今日はお前がするんだろ？」

「……ッ」

「大丈夫《だいじょうぶ》だ。お前ならできる」

「無責任な励《はげ》ましはやめて下さい」

できないとは云《い》いたくない。ズボンと下着を脱《ぬ》ぎ捨て、息を殺して、膝立ちで高岡の腰を跨ぐ。凶暴に猛った高岡の昂ぶりに手を添え、指で慣らされた場所へ宛がった。

怯みそうになる自分を叱咤しながら、ゆっくりと腰を下ろしていく。

「んっ」

さっきまで指で掻き回されていた場所に張り詰《つ》めた硬《かた》さを感じる。一度深呼吸をし、覚悟《かくご》を決めて受け入れていく。

「う、ん、んん……っ」

軟膏でぬるついたそこは、易々《やすやす》と高岡の欲望を呑《の》み込んでいく。待ち侘《わ》びていたと云わんばかりに深く呑み込み、締《し》めつける。

「ン、んー……っ」

「上手《う ま》くできたじゃないか。キツくないか？」

「平気…です……んっ」

太腿を撫《な》で上げられ、腰を擦《さす》られる。高岡の手はそのまま上に移動していき、硬くなっていた胸の先を捕《と》らえた。

尖《とが》っていたそこを押し潰《つぶ》されると、繋《つな》がった場所に力が入ってしまう。粘膜《ねんまく》の締めつけに、深く銜《くわ》え込んだ高岡のそれはまた少し大きくなる。

「やっ」

高岡は指で挟《はさ》んだ乳首《ちくび》を強弱をつけて捏《こ》ね回す。普段《ふだん》は何てことのない場所なのに、高岡に弄《いじ》られると嘘《うそ》みたいに感じてしまう。

強くされるたびに高い声が上がる。もぞもぞと身動《みじろ》ぐと、腰も一緒に動いてしまい、それすら刺激になった。微《かす》かな振動《しんどう》ですら、快感が電流みたいに這《は》い上がってくる。

「あ、ぁン、あ……！」

「どうする、自分で動くか？」

「んっ……できな……っ」

足のつけ根が痺《しび》れている。下肢《かし》に力が入らず、膝立ちになるのも難しい。だけど、高岡のものを呑み込んだそこは、さらなる刺激を求めていた。

「わかった」

「あっ……!?」

尻を両手でわし摑《づか》まれ、乱暴に揺《ゆ》さぶられ始める。体温で蕩けた油分が、律動に合わせて卑《ひ》猥《わい》な音を立てるのが恥《は》ずかしい。

「あっ、や、待っ、もっとゆっくり……っあぁ！」

根本まで入り込んだ屹立が、志季の中で暴れ回っているようだ。

「バカ云うな。こんな状態でゆっくりなんてできるわけないだろう」

「あっ、あっあ、あ……！」

志季への責め立てはより一層激しくなった。高岡は腰を摑み直し、志季を荒々《あらあら》しく突き上げてくる。鍛《きた》え上げられた肉体には志季の体重など取るに足らない重さのようだ。

ガンガンと責め立てられ、体が弾《はず》むように上下する。組み敷《し》かれているときとは違《ちが》う角度での突き上げが堪《たま》らなかった。

「またいっちゃ……っ」

三度目の高まりを感じる。自分ばかりが果てている恥ずかしさに、衝動《しょうどう》を堪《こら》えようとしたけれど、志季のそんな意志など快感の前では脆弱《ぜいじゃく》なものでしかなかった。

志季の体を抱《だ》き込むようにして、高岡はお互《たが》いの位置を入れ替《か》えた。

体を繫げたまま組み敷かれ、それまで以上に激しく穿《うが》たれる。高岡の動きは抽挿《ちゅうそう》というより、

掻き回すという表現が相応《ふさわ》しい。

「あっあ、ぁん、ああっ」

しがみついた背中に爪を立て、ただひたすらに与《あた》えられる快感を享受《きょうじゅ》する。志季は自分の中でめちゃくちゃに暴れ回る欲望《よくぼう》に、ただ喘《あえ》ぎ続ける。

「志季、俺の名前を呼べ」

「敦史…さん……」

「そうだ。もっと聴《き》かせてくれ」

昔は普通《ふつう》に呼んでいたはずの名前なのに、いま声に出すと無性《むしょう》に恥ずかしいのは何故《なぜ》だろう。

そして、そんな羞恥《しゅうち》とは裏腹に、溢《あふ》れ出てくる想《おも》いが口をついて出てしまう。

「すき、敦史さん、好き……っ」

言葉にすればするほど、感情が昂《たか》ぶってくる。気持ちがこんなに大きくなるまで自覚できなかったなんて、鈍《にぶ》いにも程《ほど》がある。

「俺も好きだ」

「あ……っ⁉」

耳に直接吹《ふ》き込まれた囁《ささや》きが引き金となる。

「あ、ぁあ……っ」

今度は高岡もほぼ同時に果てた。固く抱《だ》き合いながら、志季は自分の中で欲望が大きく震《ふる》えるのを感じ取った。

「よく食べますね……」

今日の高岡の食欲は、普段以上だった。鍋《なべ》の中の肉や野菜だけでなく、三合炊《た》いたご飯もそろそろ尽《つ》きようとしている。

抱き合い、お互いの存在で充足《じゅうそく》したあとに感じたのは空腹だった。メニューを考える気力もなく、結局鍋になった。

「よく運動したからな」

「……っ」

はっきり云って、我ながら盛《さか》りすぎた。盛り上がるべきタイミングだったとは云え、日付を跨《また》いだことにも気づかなかったなんて恥ずかしすぎる。

伝えるべき言葉を、最中に流されるように口にしてしまったことも後悔《こうかい》している。けれど、高岡の機嫌《きげん》のよさを考えると、まあいいかという気分になってくる。

理性が飛んでいるときに、かなりの痴態《ちたい》を見せてしまったが、いまは思い出さないようにしていた。素面《しらふ》では反芻《はんすう》できない記憶《きおく》だ。

「志季はもう食べないのか？」

「俺はもう充分です」

むしろ、高岡の食事風景を見ているだけでお腹《なか》いっぱいになってしまった。

（胸がいっぱいってこともあるけど……）

不慮《ふりょ》の事故みたいに始まった関係なのに、こんな甘酸《あまず》っぱい気持ちを感じるようになるなんて想像もしなかった。高岡といると、不思議なことばかりだ。

「まだお肉ありますけど、食べますか？」

「食べる」

「わかりました」

高岡の健啖家《けんたんか》ぶりは感心を通り越《こ》して、呆《あき》れるほどだ。冷凍庫《れいとうこ》から肉を取り出していると、高岡が何気なく訊《き》いてくる。

「ところで、デザートは食わせてもらえるのか？」

「昨日あなたにもらったイチゴがまだありますけど……」

「そのデザートじゃない」

「は？」

果物では不満だということだろうか。首を傾《かし》げていると、わざとらしいため息を吐《つ》かれた。

「鈍いな。まだ食い足りないって云《い》ってるんだよ」

「食い足りないって……あっ！」

高岡の云わんとしていることがわかり、言葉を失う。彼がデザートに食べたいと云っているのは、志季のことのようだ。

じっと見つめられ、生々しい記憶が蘇《よみがえ》る。自分からも求めた行為《こうい》だったけれど、食事の席で蒸《む》し返すようなことではない。

「さ、さっきいっぱいしたじゃないですか！　少しは我慢《がまん》を覚えて下さい！」

高岡の要望を受け入れるわけにはいかない。そういう展開になれば、志季の体は反応してしまうだろうが、その後、使いものにならなくなるのが目に見えている。

「俺のものにしてくれと云ったのは志季だろう？」

「もう充分ですから」

「ダメか？」

「今日はもうダメです！」

真顔で問いかけてくる高岡に、志季は真っ赤になって吠《ほ》えたのだった。

あとがき

はじめまして、こんにちは、藤崎都です。

今年も花粉《かふん》と共に春の気配がやって参りましたが、皆様《みなさま》いかがお過ごしですか？

花粉症《しょう》の症状は辛《つら》いですが、春は美味《おい》しいものがたくさんあって幸せです！　天ぷらとか炊《た》き込みご飯とか……ついつい食べすぎちゃうのは仕方ないですよね？

――って、いつでもそんなことを云《い》っている気がします（苦笑）。


さて、改めまして『メロメロ。』をお手に取って下さいましてありがとうございました！

今回はタイトルに四苦八苦したんですが、担当さんが候補の中からすぱっと抜《ぬ》き出してくれて『メロメロ。』というタイトルになりました。

筋肉フェチのお医者さんが主人公のお話なのですが、純情なタイプを書いたつもりが、攻《せめ》の体にとにかくムラムラしてしまうという因果な人になってしまいました…。

それに、せっかく逞《たくま》しい攻にしたので筋力にモノを云わせた体位にチャレンジしたかったのですが、残念ながら性格的にもそういった流れにならず断念することになりました……。

と、なかなか当初の希望通りに動いてくれないキャラクターたちばかりでしたが、どのシーンも楽しく書かせていただきましたので、少しでも楽しんでいただけると嬉《うれ》しいです！

お知らせをいくつかさせて下さい。

二〇一五年四月三十日発売予定の雑誌『エメラルド春の号』に、ショートストーリーが二本掲載《けいさい》されます。『メロメロ。』のショートストーリーと『純情ロマンチカ3』アニメ化記念の『純愛ロマンチカ』ショートストーリーです。

そして、二〇一五年六月一日発売予定で『独占トラップ』（挿絵《さしえ》・蓮川愛先生）が発売になります。こちらは新規キャラクターによる新作読み切りとなっております。

雑誌も文庫も、どちらもどうぞよろしくお願いします！

それと、二〇一五年七月からは『純情ロマンチカ』のTVアニメ三期がスタートします。TVアニメとしては七年ぶりということで、一ファンとしてもドキドキしております！

最後になりましたが、お礼を。

今回も、陸裕千景子先生に素敵《すてき》な挿絵を描《えが》いていただきました！

志季の白衣姿も堪《たま》りませんが、高岡のムキムキのお腹《なか》に、私もメロメロです（笑）。本当に素敵なイラストをいただきましてありがとうございました‼

そして、担当の相澤さんにも大変お世話になりました。今年もお忙《いそが》しいかとは思いますが、あまり無理をせずご自愛下さいませ！

そして、この本をお手に取って下さいました皆様、感想のお手紙を下さった皆様に心から感謝しています。

最後までおつき合い下さいまして、ありがとうございました！

またいつか貴方《あなた》にお会いすることができますように♥

二〇一五年陽春

藤崎都

KADOKAWA RUBY BUNKO

メロメロ。

藤崎《ふじさき》 都《みやこ》

角川ルビー文庫 R78-67　　19154

平成27年5月1日　初版発行

発行者——堀内大示
発行所——株式会社KADOKAWA
東京都千代田区富士見2-13-3
電話(03)3238-8521(営業)
〒102-8177
http://www.kadokawa.co.jp/
編　集——角川書店
東京都千代田区富士見1-8-19
電話(03)3238-8697(編集部)
〒102-8078
印刷所——旭印刷　製本所——BBC
装幀者——鈴木洋介

ISBN978-4-04-102849-0　C0193　定価はカバーに明記してあります。

ガテンな義兄《アニ》が
可愛すぎて困る。
陸裕千景子描き下ろし漫画収録！
めちゃくちゃにして泣かせたい。
こんなの、兄弟に抱く感情じゃないでしょう？
藤崎都
イラスト&漫画
陸裕千景子
腹黒策士な義弟×
ガテンで（バカ）可愛い義兄が贈る
義兄弟ラブ★

ルビー文庫

「今、つまみ食いさせないなら、
あとでガッツリ食わせて貰うからな」
——お酒を飲むと発情しちゃう!?
そんな彼をメロメロ溺愛中♥
野獣なアニキに溺愛されすぎて困る。
陸裕千景子描き下ろし漫画収録!
大好評発売中!!
藤崎 都
★イラスト&漫画★
陸裕千景子

ルビー文庫

身長差30センチ。

あんな体勢も体位も色々出来ちゃう身長差コンプ♥

「じゃあ、俺のどこが好きなのか云ってみろよ」

「そうだな、小さくて可愛いところとか……」

「小さいって云うな!!」

藤崎都
★イラスト★ 陸裕千景子
着ぐるみバイトをしている大学生・一也の悩みは158cmから伸びることのない身長。そんな一也を身長188cmの完璧美形・加瀬が「小さくて可愛い」と口説きだして…!?

ヘンタイちっくな本音ダダ漏れな攻視点「初めての彼氏んち。」も収録!!

友人に薬を盛られ襲われそうになったところを、突然自宅に訪ねてきた男・アレックスに助けられた佑樹。アレックスは佑樹の部屋に住んでいるはずの女性に会うためにアメリカから来たというが…？

ルビー文庫